领略传统节日的非凡温情
感受古时节日特有的气氛

【中国诗词大汇】

品读醉美
传统节日文化诗词

田伟星·编著

中国言实出版社

图书在版编目（CIP）数据

品读醉美传统节日文化诗词 / 田伟星编著. -- 北京：中国言实出版社，2021.2

ISBN 978-7-5171-3659-0

Ⅰ. ①品… Ⅱ. ①田… Ⅲ. ①诗词－诗歌欣赏－中国 Ⅳ. ①I207.2

中国版本图书馆CIP数据核字（2020）第268641号

责任编辑 郭江妮
责任校对 代青霞

出版发行 中国言实出版社
地　址：北京市朝阳区北苑路 180 号加利大厦 5 号楼 105 室
邮　编：100101
编辑部：北京市海淀区花园路 6 号院 B 座 6 层
邮　编：100088
电　话：64924853（总编室） 64924716（发行部）
网　址：www.zgyscbs.cn
E-mail：zgyscbs@263.net
经　销 新华书店
印　刷 北京市兴怀印刷厂
版　次 2021 年 10 月第 1 版 2021 年 10 月第 1 次印刷
规　格 880 mm×1230 mm 1/32 8.5 印张
字　数 206 千字
定　价 42.80 元 ISBN 978-7-5171-3659-0

目 录

第二篇　元宵节

第三篇　寒食节

第五篇　端午节

第六篇　七夕

第八篇　重阳节

第一篇 春节

除夜作①

【唐】高适

旅馆寒灯独不眠，
客心何事转凄然②。
故乡今夜思千里，
霜鬓③明朝④又一年。

【注　释】

①除夜：除夕之夜。
②客心：自己的心事。转：变得。凄然：凄凉悲伤。
③霜鬓：白色的鬓发。
④明朝（zhāo）：明天。

作者名片

高适（704—765），字达夫，一字仲武，渤海蓨（今河北景县）人，后迁居宋州宋城（今河南商丘睢阳）。安东都护高侃之孙，唐代大臣、诗人。作为著名边塞诗人，高适与岑参并称“高岑”，与岑参、王昌龄、王之涣合称“边塞四诗人”。其诗笔力雄健，气势奔放，洋溢着盛唐时期所特有的奋发进取、蓬勃向上的时代精神。有文集二十卷。

译　文

旅馆里透着凄冷的灯光，映照着那孤独的迟迟不能入眠的客人。这孤独的客人是为了什么事情而倍感凄然呢？故乡的人今夜一定在思念远在千里之外的我；我的鬓发已经变得斑白，到了明天又新增一岁。

赏析

高适素以边塞诗人著称，诗风浑厚雄放，这首《除夜作》却诗风平易自然，全诗没有一句生僻字句和华丽辞藻，也没有塞外风景和异域奇观，都是浅近的口语，表达诗人除夕夜的平常感受；却将他乡游子真实的感受写得淋漓尽致，感人肺腑。

“旅馆寒灯独不眠”，诗的首句所包含的内容非常丰富而且启人联想，点明作者在除夕仍羁旅天涯。可以想见，诗人眼看着外面家家户户灯火通明，欢聚一堂，而自己却远离家人，身居客舍，两相对照，不觉触景生情，连眼前那盏散发光和热的灯，竟也变得“寒”气逼人了。

第二句“客心何事转凄然”，是一个转承的句子，用提问的形式将感情明朗化，因身在客中，故称“客”。诗中问道：“是什么使得客人心里面变得凄凉悲伤？”原因就是他身处除夕之夜。

“故乡今夜思千里”。故乡的亲人在这个除夕之夜定是在想念着千里之外的我，想着我今夜不知身落何处，想着我一个人如何度过今晚。其实，这也正是“千里思故乡”的一种表现。诗人并没有直接表达对故乡的思念，而是表达得更加含蓄委婉。

“霜鬓明朝又一年”，诗人巧妙地运用“对写法”，将深挚的情思抒发得更为曲折含蓄。三、四句其实是对一、二句的回答。其说明“独不眠”和“转凄然”的原因：一是思乡心切；二是感伤自己老大无成，岁月无情。

田家元日

【唐】孟浩然

昨夜斗回北[1]，今朝岁起东[2]。
我年已强仕[3]，无禄[4]尚忧农。
桑野就耕父[5]，荷[6]锄随牧童。
田家占[7]气候，共说此年丰。

【注　释】

①斗：指北斗星。回北：指北斗星的斗柄从指向北方转而指向东方。古人认为北斗星斗柄指东，天下皆春；指南，天下皆夏；指西，天下皆秋；指北，天下皆冬。
②起：开始。东：北斗星斗柄朝东。
③强仕：强仕之年，即四十岁。
④无禄：没有官职。禄：官吏的薪俸。
⑤桑野：种满桑树的田野。就：靠近。耕父：农夫。
⑥荷：扛，担。
⑦占（zhān）：推测。占气候：根据自然气候推测一年收成的好坏。

作者名片

孟浩然（689—740），名浩，字浩然，号孟山人，襄州襄阳（今湖北襄阳）人，唐代著名的山水田园派诗人，世称“孟襄阳”。因他未曾入仕，又称之为“孟山人”。孟诗绝大部分为五言短篇，多写山水田园和隐居的逸兴以及羁旅行役的心情。其中虽不无愤世嫉俗之词，而更多属于诗人的自我表现。孟浩然的诗在艺术上有独特的造诣，后人把孟浩然与盛唐另一山水诗人王维并称为“王孟”，有《孟浩然集》三卷传世。

译文

昨天夜里北斗星的斗柄转向东方，今天早晨新的一年又开始了。我今年已经四十岁了，虽然没有官职但仍担心着百姓。靠近在种满桑树的田野里耕作的农夫，扛着锄头和牧童一起劳作。农家人推测今年的自然气候，都说这一年是丰收年。

赏析

诗的首联写斗转星移，岁月不居，昨晚除夕还是寒冷的隆冬，今朝大年初一起来就已经是和煦的春天。这两句通过斗柄指北向东转动的快速过程显示时间的推移，节序的更替，暗点了题中的“元日”。

颔联写诗人已进入四十岁的壮年时期，本应出仕，大有作为，但未曾得到一官半职，虽然如此，他对农事还是非常重视，非常关心。这一联概述了诗人仕途的遭际，表露了他的农本思想，体现了他不以物喜、不以己悲的可贵品质。

颈联展示的是一幅典型的田园牧歌图。白天在田间，诗人和农夫一起扶犁耕作；傍晚在路上，诗人荷锄伴牧童一道回归村庄。由此，人们仿佛可以看到诗人与农夫并肩劳动、促膝休息、“但道桑麻长”的情景；仿佛可以听到诗人与“短笛无腔信口吹”的牧童应和的笛音歌声，从而深深地体味到田园风光的美好，田园生活的快乐。

尾联扣题，明确点题，写田家元日之际凭借占卜纷纷预言今年是一个丰收年。显然，这首诗没有状写辞旧迎新的热闹，没有抒发节日思亲的情感，而是将诗人自身恬淡、惬意的情趣水乳般交融于节日气氛之中，令人读来自觉有一种和谐自然之美。

新年作

【唐】刘长卿

乡心新岁切，天畔①独潸然②。
老至居人下③，春归在客④先。
岭⑤猿同旦暮，江柳共风烟。
已似长沙傅⑥，从今又几年。

【注　释】

①天畔（pàn）：天边，指潘州南巴，即今广东茂名。
②潸（shān）然：流泪的样子。
③居人下：指官人，处于人家下面。
④客：诗人自指。
⑤岭：指五岭。作者时贬潘州南巴，过此岭。
⑥长沙傅：指贾谊。曾受谗被贬为长沙王太傅，这里借以自喻。

作者名片

刘长卿(709—789)，字文房，汉族，宣城(今属安徽)人，唐代诗人。后迁居洛阳，河间（今属河北）为其郡望。唐玄宗天宝年间进士。肃宗至德中官监察御史，苏州长洲县尉，代宗大历中任转运使判官，知淮西、鄂岳转运留后，又被诬再贬睦州司马。因刚而犯上，两度迁谪。德宗建中年间，官终随州刺史，世称刘随州。刘长卿工于诗，长于五言，自称“五言长城”。

译　文

新年来临，思乡的心情格外迫切，想到自己漂泊在外不禁潸然落泪。年老了反而被贬谪他处居于人下，连春天也脚步匆匆地走在我的前头。在岭南早晚只能与猿猴相依做伴，或与江边杨柳共同领受风烟侵吹。我已和被贬为长沙太傅的贾谊同遭遇，不知今后还要几年才能还乡？

赏析

“乡心新岁切，天畔独潸然”这两句是说新年已至，自己与亲人们相隔千里，思乡之心，自然更切。开篇的“切”和“独”，奠定全诗孤苦悲凄的情感基调。

“老至居人下，春归在客先”是由薛道衡“人归落雁后，思发在花前”化出，在前人单纯的思乡之情中，融入仕宦身世之感，扩大了容量，增强了情感的厚度。

“岭猿同旦暮，江柳共风烟”这两句描绘天畔荒山水乡节序风光。猿啼积淀着哀伤的诗歌意象。“同”“共”二字，写尽了诗人孤独无告、迷惘无依的凄苦情状：谪居异乡，只能同无情的动物为伍，只能与无感的植物结伴，岭猿声哀，江柳意迷，纵有万般心事，又何处得说？自身遭遇的凄苦，前途未卜的迷惘，全在景中。

“已似长沙傅，从今又几年？”这里借用贾谊的典故，洛阳才子贾谊，有济世匡国之志，脱颖初露，而为权贵宿老谗毁，疏放为长沙太傅。诗人这次遭贬，也是以功蒙过，快快哀怨。而自忤权门，担心滞此难返，不免生出“从今又几年”的忧虑。

岁夜咏怀

【唐】刘禹锡

弥年①不得意，新岁②又如何？
念昔同游者③，而今有几多？
以闲为自在④，将寿补蹉跎⑤。
春色无情故⑥，幽居亦见过。

【注　释】

①弥（mí）年：即经年，多年来。
②新岁：犹新年。
③同游者：指志同道合、同游共处的人们。同游：互相交往。
④自在：自由，无拘束。
⑤蹉跎（cuō tuó）：失意，虚度光阴。
⑥无情故：不问人情世故。

作者名片

刘禹锡（772—842），字梦得，籍贯河南洛阳，生于河南郑州荥阳，自称“家本荥上，籍占洛阳”，又自言系出中山，其先为中山靖王刘胜（一说是匈奴后裔）。唐朝时期大臣、文学家、哲学家，有“诗豪”之称。刘禹锡诗文俱佳，涉猎题材广泛，与柳宗元并称“刘柳”，与韦应物、白居易合称“三杰”，并与白居易合称“刘白”，留下《陋室铭》《竹枝词》《杨柳枝词》《乌衣巷》等名篇。哲学著作《天论》三篇，论述天的物质性，分析“天命论”产生的根源，具有唯物主义思想。著有《刘梦得文集》《刘宾客集》。

译文

多年来一直在坎坷不得意中度过，新的一年又将会如何？

回想曾经互相交往的朋友，现在活着的还有多少呢？

我把闲居当作自由自在，把长寿看作补回岁月蹉跎。

只有那春色不问人情世故，在我隐居的时候还来探望我。

赏析

此诗写作者在除夕之夜，追忆自身的失意，嗟叹故旧的凋零，感慨无限。全诗纯用赋法，通篇抒怀，联联对仗，语言平淡朴实，蕴含着作者愁绪、悲情、痛愤、期望的复杂感情，表现出无限苦辛酸楚的情味。

除夜 / 巴山道中除夜书怀

【唐】崔涂

迢递三巴路①，羁危②万里身。
乱山残雪夜，孤烛异乡人③。
渐与骨肉远，转于僮仆亲④。
那堪正飘⑤泊，明日岁华新。

【注　释】

①迢递：遥远貌。三巴：指巴郡、巴东、巴西，在今四川东部。
②羁危：在艰险中羁旅漂泊。
③烛：一作“独”。人：一作“春”。
④转于：反与。僮仆：随行小奴。
⑤飘：一作“漂”。

作者名片

崔涂（约887年前后在世），字礼山，善音律，尤善长笛，《唐才子传》中说其是江南人，《唐诗选》（人民文学出版社，1978）以其“旧业临秋水，何人在钓矶”及“试向富春江畔过，故园犹合有池台”句，推为今浙江桐庐、建德一带人。唐末诗人，生卒年、生平均不详，约887年前后在世。唐僖宗光启四年（888年）进士，壮客巴蜀，老游龙山，故也多写旅愁之作。其《春夕旅怀》传诵颇广。《全唐诗》存其诗1卷。他写的最有名的一首诗是《除夜有怀》。

译　文

跋涉在道路崎岖又遥远的三巴路上，客居在万里之外的危险地方。
乱山上残雪在黑夜里闪光，一支烛火陪伴着我这异乡的人。
因离亲人越来越远，反而与书童和仆人渐渐亲近。
真难以忍受在漂泊中度过除夕夜，到明天岁月更新就是新的一年。

赏析

崔涂曾长期流落于湘、蜀一带，此诗为诗人客居四川时所作，抒写诗人避乱流离巴蜀，旅途之中适逢除夕之夜的惨淡心情。全诗核心是一个“悲”字。首联即对，起句点地，次句点人，气象阔大；颔联写除夕客居异地的孤独；颈联写亲眷远离，僮仆成了至亲，以此烘托“孤”字；尾联点出时逢除夕，更不堪漂泊。全诗流露出浓烈的离愁乡思和对羁旅的厌倦情绪。

除夜宿石头驿[1]

【唐】戴叔伦

旅馆谁相问？寒灯独可亲。
一年将尽夜，万里未归人。
寥落[2]悲前事，支离[3]笑此身。
愁颜与衰鬓[4]，明日又[5]逢春。

【注　释】

①石头驿：在今江西省新建县赣江西岸。《全唐诗》题下注曰：“一作石桥馆”。

②寥落：稀少，冷落。此处有孤独、寂寞之意。

③支离：即分散。《全唐诗》校：“一作羁离”。

④愁颜与衰鬓：《全唐诗》校：“一作衰颜与愁鬓”。

⑤又：《全唐诗》校：“一作去”。

作者名片

戴叔伦（732—789），唐代诗人，字幼公（一作次公），润州金坛（今属江苏常州）人。年轻时师事萧颖士。曾任新城令、东阳令、抚州刺史、容管经略使。晚年上表自请为道士。戴叔伦的诗，体裁形式多样，有五言七言，五律七律，古体近体，皆有佳作。题材内容也十分丰富：有反映战乱中社会现实的，有揭露昏暗丑恶世道的，有同情民生疾苦的，有慨叹羁旅离愁的，也有描绘田园风光的……在他的诸多诗篇中，最有价值、最富有社会意义的，是那些反映社会现实的作品，包括《女耕田行》《屯田词》等。

译 文

在这寂寞的旅店中有谁来看望慰问？只有一盏孤灯与人相伴相亲。今夜是一年中的最后一个夜晚，我还在万里之外漂泊不能归家。回首前尘竟是一事无成，令人感到悲凉伤心；孤独的我只有苦笑与辛酸。愁苦使我容颜变老，两鬓斑白，在一片叹息声中又迎来了一个新春。

赏析

此诗开篇把自己滞迹他乡的寂寞苦涩写得十分深刻，结尾处又给人一种沉重的压抑感。全诗写出了沉思追忆和忆后重又回到现实时的自我嘲笑，蕴含着无穷的悲怆感慨和不尽的凄苦况味，写情真挚，感慨深远。

这首诗一向被认为是唐人五律中的著名作品。其所以著名，完全是由于颔联的“一年将尽夜，万里未归人”。历代以来，到大年三十还住宿在旅馆里的人，总会感伤地朗诵这两句，以为诗人已代替自己形象地说出了寥落支离的情绪。因此，这两句诗成为唐诗中的名句。虽然这两句诗并不是戴叔伦的创作成果，而是化用了梁武帝《冬歌》中“一年漏将尽，万里人未归”的诗句，但是他换了两句的结构，强调了“夜”和“人”，放在他这首诗中，有了创新，就成为佳句。

守　岁

【唐】李世民

暮景斜芳殿①，年华丽②绮宫。
寒辞去冬雪，暖带入春风。
阶馥③舒梅素，盘花④卷烛红。
共欢新故岁，迎送一宵中。

【注　释】

①芳殿：华丽的宫殿。下句绮宫亦同。
②丽：使动用法，使……美丽。
③馥（fù）：香气。
④盘花：此指供品。

作者名片

李世民（599—649），唐朝第二位皇帝，在位23年，年号贞观。名字取意“济世安民”，陇西成纪人（今甘肃天水市秦安县）。唐太宗李世民不仅是著名的政治家、军事家，还是一位书法家和诗人。唐太宗开创了著名的贞观之治，被各族人民尊称为天可汗，为后来唐朝全盛时期的开元盛世奠定了重要基础，为后世明君之典范。庙号太宗，谥号文武大圣大广孝皇帝，葬于昭陵。

译　文

傍晚的夕阳斜斜地照着华丽的宫殿，岁月使宫廷更加美丽。
年终岁寒，冬雪消融，暖洋洋的宫闱里似乎吹进了和煦的春风。
巨大红烛点燃了，远远看上去，像一簇簇花团。
君臣欢宴饮酒，喜度良宵，迎新年，辞旧岁，通宵歌舞。

赏析

这首诗选用诸如“辞”“去”“带”“入”“舒”“卷”等一系列动态词语，娓娓道来，贴切自然，清新可读。它属初唐难得的好诗之一。

第一、二句“暮景斜芳殿，年华丽绮宫”，以夕阳斜照，“年华”把芳殿、绮宫装扮得更加金碧辉煌来点明皇上于宫苑逢除夕，暗示题旨，给人以富丽堂皇之感。

第三、四句“寒辞去冬雪，暖带入春风”，紧承首联指出除夕是冬春交替之际——冰雪消融，寒冷的隆冬过去了；暖气回升，和煦的春天来到了。在这里，诗人从时令的转换角度给人以温馨的快意，酿造了一种暖洋洋、乐融融的节日气氛。

第五、六句“阶馥舒梅素，盘花卷烛红”，叙写梅花绽开、阵阵飘香的景象，进一步渲染了春意。对句紧扣首联突出宫中守岁的景象：宫廷内外张灯结彩，一片光辉灿烂；摆上供品，敬神祭祖，守岁辞旧，显得热烈而庄重。

最后两句“共欢新故岁，迎送一宵中”，紧扣“守岁”，由宫廷而至天下，推而广之。概述举国欢庆、共度良宵、辞旧迎新的普遍现象，从而深化了宫苑守岁的热烈气氛。

桂州腊夜[1]

【唐】戎昱

坐到三更尽，归仍万里赊[2]。
雪声偏傍[3]竹，寒梦不离家。
晓角分残漏[4]，孤灯落碎花[5]。
二年随骠骑[6]，辛苦向天涯。

【注 释】

①桂州：唐代州名，指今广西桂林。腊夜：除夕之夜。
②赊（shē）：遥远。
③傍：靠。这里指雪花飘落。
④角：号角。分：区分。漏：漏壶。古代计时器，铜制有孔，可以滴水或漏沙，有刻度标志以计时间。
⑤碎花：喻指灯花。
⑥骠(piào)骑：飞骑，也用作古代将军的名号。这里指作者的主帅桂管防御观察使李昌巎。

作者名片

戎昱（约744—800），唐代诗人，荆州（今湖北江陵）人。中唐前期比较注重反映现实的诗人之一。名作《苦哉行》写战争给人民带来的灾难。羁旅游宦、感伤身世的作品以《桂州腊夜》较有名。

译 文

除夕守岁一直坐到三更尽，回乡之路远隔万里长路狭。
雪花飒飒作响偏落竹林旁，凄寒之夜几番梦回总与家有关。
破晓的号角替代残夜漏声，孤灯将要燃尽掉落碎芯花。
这两年离家在外跟随骠骑，艰辛劳苦岁暮还滞留天涯。

赏析

这首诗写了诗人除夕之夜由坐至睡、由睡至梦、由梦至醒的过程，对诗中所表现的乡愁并没有说破，可是不言自明。特别是中间两联，以渲染环境气氛，来衬托诗人的心境，艺术效果很强。那雪落竹林的凄清音响，回归故里的断续寒梦，清晓号角的悲凉声音，以及昏黄孤灯的断碎余烬，都暗示出主人公长夜难眠、悲凉落寞、为思乡情怀所困的情景，表现了这首诗含蓄隽永、深情绵邈的艺术风格。

元　日

【宋】王安石

爆竹声中一岁除，春风送暖入屠苏①。
千门万户曈曈②日，总把新桃③换旧符。

【注　释】

①屠苏：指屠苏酒，饮屠苏酒也是古代过年时的一种习俗，大年初一全家合饮这种用屠苏草浸泡的酒，以驱邪避瘟疫，求得长寿。

②曈（tóng）曈：日出时光亮而温暖的样子。

③桃：桃符，古代一种风俗，农历正月初一时人们用桃木板写上神荼、郁垒两位神灵的名字，悬挂在门旁，用来压邪。也作春联。

作者名片

王安石（1021—1086），字介甫，号半山，抚州临川人，北宋著名思想家、政治家、文学家、改革家。世称王文公。欧阳修称赞王安石："翰林风月三千首，吏部文章二百年。老去自怜心尚在，后来谁与子争先。"传世文集有《王临川集》《临川集拾遗》等。其诗文各体兼擅，词虽不多，但亦擅长，且有名作《桂枝香》等。

译　文

爆竹声中旧的一年已经过去，迎着和暖的春风开怀畅饮屠苏酒。
初升的太阳照耀着千家万户，都把旧的桃符取下换上新的桃符。

赏析

这是一首写古代迎接新年的即景之作，取材于民间习俗，敏感地摄取了老百姓过春节时的典型素材，抓住有代表性的生活细节：点燃爆竹，饮屠苏酒，换新桃符。诗作充分表现出过年的欢乐气氛，富有浓厚的生活气息，抒发了作者立志革新政治的思想感情，充满欢快及积极向上的奋发精神。

除　夜①

【宋】文天祥

乾坤②空落落③，岁月去堂堂④。
末路⑤惊风雨⑥，穷边⑦饱雪霜⑧。
命随年欲尽，身与世俱忘。
无复屠苏梦⑨，挑灯夜未央⑩。

【注　释】

①除夜：指元朝至元十八年（1281 年）除夕。
②乾坤：指天地，即空间。
③空落落：空洞无物。
④堂堂：跨步行走的样子。
⑤末路：指自己被俘而囚禁，无望生还，走上了生命的最后一段路。
⑥惊风雨：指有感于当年战斗生活的疾风暴雨。
⑦穷边：极远的边地。此就南宋的辖区而言，称燕京为穷边。
⑧雪霜：指囚居生活的艰难困苦。
⑨屠苏梦：旧历新年，有合家喝“屠苏酒”的习惯。
⑩夜未央：夜已深而未尽。

作者名片

文天祥（1236—1283），字履善，又字宋瑞，自号文山，浮休道人。汉族，吉州庐陵（今江西吉安县）人，南宋末大臣，文学家、民族英雄。宝祐四年（1256年）进士，官到右丞相兼枢密使。被派往元军的军营中谈判，被扣留。后脱险经高邮嵇庄到泰堰市塘湾，由南通南归，坚持抗元。祥兴元年（1278年）兵败被张弘范俘虏，在狱中坚持斗争三年多，后在柴市从容就义。著有《过零丁洋》《文山诗集》《指南录》《指南后录》《正气歌》等作品。

译　文

天地之间一片空旷，时光公然地离我而去。在人生的末路上因为风雨而受惊，在偏僻的边疆饱经了冰雪寒霜。如今生命跟这一年一样快要结束了，我和我一生的经历也会被遗忘。以后再也梦不到过新年喝屠苏酒，只能在漫漫长夜里拨动灯火。

赏析

这一首诗，诗句冲淡、平和，没有“天地有正气”的豪迈，没有“留取丹心照汗青”的慷慨，只表现出大英雄欲与家人共聚一堂欢饮屠苏酒过新年的愿望，甚至字里行间中透露出一丝寂寞、悲怆的情绪。恰恰是在丹心如钢铁男儿的这一柔情的刹那，反衬出勃勃钢铁意志之下人的肉身的真实性，这种因亲情牵扯萌发的“脆弱”，更让我们深刻体味了伟大的人性和铮铮男儿的不朽人格。

守　岁

【宋】苏轼

欲知垂尽①岁，有似赴壑②蛇。
修鳞③半已没，去意谁能遮？
况欲系其尾，虽勤知奈何。
儿童强④不睡，相守夜欢哗⑤。
晨鸡且勿唱，更鼓畏添挝⑥。
坐久灯烬⑦落，起看北斗斜⑧。
明年岂无年？心事恐蹉跎⑨。
努力尽今夕，少年犹可夸。

【注　释】

①垂尽：快要结束。
②壑（hè）：山谷。
③修鳞：指长蛇的身躯。
④强（qiǎng）：勉强。
⑤哗：一作“喧”。
⑥挝（zhuā）：击，敲打，此处指更鼓声。
⑦灯烬（jìn）：灯花。烬，物体燃烧后剩下的部分。
⑧北斗斜：表示时已夜半。
⑨蹉跎（cuō tuó）：时间白白过去，光阴虚度。

作者名片

苏轼（1037—1101），字子瞻、和仲，号铁冠道人、东坡居士，世称苏东坡、苏仙，汉族，眉州眉山（四川省眉山市）人，祖籍河北栾城，北宋著名文学家、书法家、画家。苏轼是北宋中期文坛领袖，在诗、词、散文、书、画等方面均取得了很高的成就。其诗题材广阔，清新豪健，善用夸张、比喻，独具风格，与黄庭坚并称“苏黄”；词开豪放一派，与辛弃疾同是豪放派代表，并称“苏辛”；散文著述宏富，豪放自如，与欧阳修并称“欧苏”，为“唐宋八大家”之一。苏轼亦善书法，“宋四家”之一；擅长文人画，尤擅墨竹、怪石、枯木等。作品有《东坡七集》《东坡易传》《东坡乐府》《潇湘竹石图卷》《古木怪石图卷》等。

译　文

要知道快要辞别的年岁，犹如游向幽壑的长蛇。长长的鳞甲一半已经不见，离去的心意谁能够拦遮！更何况想系住它的尾端，虽然勤勉，但明知是无可奈何。儿童强撑着不睡觉，相守在夜间笑语喧哗。晨鸡啊，请你不要啼唱，一声声更鼓催促也叫人惧怕。长久夜坐灯花点点坠落，起身看北斗星已经横斜。明年难道再没有年节？只怕心事又会照旧失差。努力爱惜这一个夜晚，少年人意气还可以自夸。

赏析

本诗共十六句，可分为三个层次。

第一个层次是前六句："欲知垂尽岁，有似赴壑蛇。修鳞半已没，去意谁能遮？况欲系其尾，虽勤知奈何。"这里用生动的比喻形象地说明了守岁无益，从反面入题，跟前两首有所不同。这个比喻不但形象生动，而且辰龙巳蛇，以蛇比岁，不是泛泛设喻。这六句的前四句写岁已将近，后二句写虽欲尽力挽回，但徒劳无益。

中间六句是第二个层次："儿童强不睡，相守夜欢哗。晨鸡且勿唱，更鼓畏添挝。坐久灯烬落，起看北斗斜。"这个层次写守岁的情景。一个"强"字写出儿童过除夕的特点：明明想打瞌睡，却还要勉强欢闹。这两句仍然是作者回味故乡的风俗，而不是他在现实中的情景。"晨鸡"二句将守岁时的心理状态写得细致入微，"坐久"两句将守岁时的情景写得很逼真。这两句主要是针对大人守岁所说的。纪昀很欣赏这十个字，说是"真景"。实际上这是人人守岁都有过的感受，给本诗增添了不少亲切感。

最后四句是第三个层次："明年岂无年？心事恐蹉跎。努力尽今夕，少年犹可夸。"这个层次与开头第一个层次的欲擒故纵相对照，表明守岁有理，应该爱惜将逝的时光。正面交代应该守岁到除夕尽头。结尾两句化用白居易"犹有夸张少年处"，意在勉励苏辙。苏辙在京师侍奉父亲，苏轼希望两地守岁，共惜年华。这个结句含有积极奋发的意味，是点睛之笔，使全诗精神陡然振起。

祝英台近·除夜立春

【宋】吴文英

剪红情，裁绿意，花信[①]上钗股[②]。残日[③]东风，不放岁华去。有人添烛西窗，不眠侵晓[④]，笑声转、新年莺语[⑤]。

旧尊俎[⑥]。玉纤曾擘黄柑[⑦]，柔香系幽素[⑧]。归梦湖边，还迷镜中路[⑨]。可怜千点吴霜[⑩]，寒销不尽，又相对、落梅如雨。

【注　释】

①花信：花信风的简称，犹言花期。
②钗股：花上的枝杈。
③残日：指除岁。
④侵晓：指天亮。
⑤新年莺语：杜甫诗："莺入新年语。"
⑥尊俎（zǔ）：古代盛酒肉的器具。俎，砧板。
⑦玉纤曾擘（bāi）黄柑：玉纤，妇女手指；擘黄柑，剖分水果。擘，分开，同"掰"。
⑧幽素：幽美纯洁的心地。
⑨镜中路：湖水如镜。
⑩吴霜：指白发。李贺《还自会吟》："吴霜点归发。"

作者名片

吴文英（约1200—1260），字君特，号梦窗，晚年又号觉翁，四明（今浙江宁波）人，南宋词人。吴文英一生未第，游幕终身，于苏、杭、越三地居留最久，并以苏州为中心。游踪所至，每有题咏。晚年吴文英一度客居越州，先后为浙东安抚使吴潜及嗣荣王赵与芮门下客，后困踬而死。吴文英作为南宋词坛大家，在词坛流派的开创和发展上，有比较高的地位，流传下来的词达340首，对后世词坛有较大的影响。

译文

剪一朵红花，载着春意。精美的花和叶，带着融融春意，插在美人头上。斜阳迟迟落暮，好像要留下最后的时刻。窗下有人添上新油，点亮守岁的灯火，人们彻夜不眠，在笑语欢声中，共迎新春佳节。回想旧日除夕的宴席，美人白皙的纤手曾亲自把黄桔切开。那温柔的芳香朦胧，至今仍留在我的心中。我渴望在梦境中回到湖边，那湖水如镜，使人流连忘返，我又迷失了路径，不知处所。可怜吴地白霜染发点点如星，仿佛春风也不能将寒霜消融，更何况斑斑白发对着落梅如雨雪飘零。

赏析

这是节日感怀、畅抒旅情之作。时值除夜，又是立春，一年将尽，新春已至，而客里逢春，未免愁寂，因写此词。上阕写除夕之夜"守岁"的欢乐。下阕写对情人的思念，追忆旧日和情人共聚，抒写旧事如梦的怅恨。"归梦"写相思，"湖边"乃词人与情人幽约之地。梦归湖边，一片湖光如镜，幻境恍惚，没有寻到伴侣，反而迷失了离魂的归路，传达出词人一片怅惘之情。全词以眼前欢乐之景，通过回忆往日之幸福来突出现境的孤凄感伤，笔致委婉，深情感人。

花犯·谢黄复庵[1]除夜寄古梅枝

【宋】吴文英

翦横枝，清溪分影，翛然镜空晓。小窗春到。怜夜冷孀娥[2]，相伴孤照。古苔泪锁霜千点[3]，苍华人共老。料浅雪、黄昏驿路，飞香④遗冻草。

行云梦中认琼娘⑤，冰肌瘦，窈窕风前纤缟。残醉醒，屏山外、翠禽声小。寒泉贮、绀壶⑥渐暖，年事对、青灯惊换了。但恐舞、一帘胡蝶，玉龙吹又杳⑦。

【注　释】

①黄复庵：作者友人，生平不详。
②孀娥：即嫦娥。因她弃夫后羿奔月，故称之孀娥。孀，一本作“霜”。
③古苔：有苔藓寄生在梅树根枝之上，称苔梅。古传苔梅有二种：宜兴张公洞之苔梅，苔厚花极香；绍兴之苔梅，其苔如绿丝，长尺余。千点：一本作“痕饱”。
④飞香：喻指梅。冻：一本作“冷”，一本作“暗”。
⑤琼娘：许飞琼，传说中的仙女。
⑥绀（gàn）壶：指插梅枝的天青色水壶。绀，深青带红的颜色。
⑦玉龙：笛子。杳：悠远。

译　文

将梅花从树上剪下来后，倒映溪中的梅枝影也即分成两截，但映在平静似镜的溪水中的梅影却显得更加空疏、自在。将梅花放置在窗台上，梅花的清香给居所带来了春的气息，独守广寒的嫦娥也将月光洒照在梅枝上陪伴。眼前的梅枝已有多年，枝上长着泪痕似的斑斑白霜般的苔藓，它与我头上的苍苍白发互相映衬。沿着驿道，踏着浅雪，将梅花的清香一路散发在浅雪中的冻草上，紧赶而来，终于在除夜黄昏时送到了。

好像在梦中见到梅神冰肌玉骨，身披缟素在风中翩翩起舞。醉梦醒后，仍在幻觉中，仿佛听到翠羽啁唧的声音。时间已过很久，连插着梅枝的壶中泉水也渐渐由冷变暖。只见青灯上的灯光也渐转暗，室外已泛出晓光，忽然感到又一个新年到来了。但是害怕它们翩然起舞，就像蝴蝶和雪一样。

赏析

“翦横枝”三句，写友人寄梅前情景。首两句化用林逋《山园小梅二首》“疏影横斜水清浅”诗句，言古梅树生长在溪水旁，梅枝长得纵横飘逸，复庵将它从树上剪下来后，倒映溪中的梅枝影也即分成两截，但映在平静似镜的溪水中的梅影却显得更加空疏、自在。“小窗”三句，写词人收到梅枝后的情景。言除夕夜词人收到了黄复庵寄来的古梅枝，就将它们放置在窗台上。梅花的清香给词人的居所带来了春的气息，独守广寒的嫦娥也将月光洒照在梅枝上陪伴词人共度除夜。“古苔”两句，点出一“古”字的特征。词人说：眼前的梅枝已有多年，你看它枝上长着泪痕似的斑斑白霜般的苔藓，它与我头上的苍苍白发互相映衬，足以使人相怜相惜了。“料浅雪”两句，补叙送梅情景。料想黄复庵派人沿着驿道，踏着浅雪，将梅花的清香一路散发在浅雪中的冻草上，紧赶而来，终于在除夜黄昏时送到了我家。上阕以时间为序，叙述了友人黄复庵的寄梅枝过程，层次井然。

“行云”三句，写梦中梅神。句中“冰肌”“窈窕”是梅枝的特征，也是将梅花拟人化。“残醉醒”两句，写词人梦醒后感觉。题曰“除夜”，故词人独酌伴梅枝守岁，因酒醉而做梦，梦醒后人却仍在幻觉之中。“翠禽”句，化用梅神传说，据《龙城录》载：“隋开皇中，赵师雄迁罗浮，天寒日暮，见林间酒肆旁舍一美人，淡妆靓色，素服出迎。赵师雄不觉醉卧，既觉，在大梅树上，有翠羽啁唧其上。”词人即用这个传说，演化成一种人梅梦魂相交的意境。“寒泉贮”两句，写词人守岁伴梅达旦。此言时间已过很久，连插着梅枝的壶中泉水也渐渐由冷变暖。只见青灯上的灯光也渐转暗，室外已泛出晓光，词人忽然感到又一个新年到来了。“但恐舞”两句，述惜梅之心。“玉龙”，本喻下雪，这里却是将蝴蝶与白雪的飞舞都用以比喻梅花的凋落，并像它们似的漫天飘舞。这是词人由惜梅而至担心，可见词人对梅花爱惜备至。下阕以词人的心理活动为序，写词人得梅枝后的思维过程。

阮郎归·湘天风雨破寒初

【宋】秦观

湘天①风雨破寒初。深沉庭院虚。丽谯②吹罢小单于。迢迢清夜徂③。

乡梦断，旅魂孤。峥嵘岁又除④。衡阳⑤犹有雁传书。郴阳⑥和雁无。

【注　释】

①湘天：指湘江流域一带。
②丽谯（qiáo）：城门更楼。
③迢迢：漫长沉寂。清夜：清静之夜。徂（cú）：往，过去。
④峥嵘：比喻岁月艰难，极不寻常。
⑤衡阳：古衡州治所。相传衡阳有回雁峰，鸿雁南飞望此而止。
⑥郴（chēn）阳：今湖南郴州市，在衡阳之南。

作者名片

秦观（1049—1100），字少游，一字太虚，别号邗沟居士，高邮军武宁乡左厢里（今江苏省高邮市三垛镇少游村）人。秦观善诗赋策论，与黄庭坚、晁补之、张耒合称“苏门四学士”。尤工词，为北宋婉约派重要作家。所写诗词高古沉重，寄托身世，感人至深。长于议论，文丽思深，兼有诗、词、文赋和书法多方面的艺术才能，尤以婉约之词驰名于世。著作有《淮海词》3卷100多首，宋诗14卷430多首，散文30卷共250多篇。著有《淮海集》40卷、《劝善录》《逆旅集》等。

译 文

湘南的天气多风多雨，风雨正在送走寒气。深深的庭院寂寥空虚。在彩绘小楼上吹奏着“小单于”的乐曲，漫漫清冷的长夜，在寂寥中悄悄地退去。

思乡的梦断断续续，在公馆中感到特别孤独，那种清凉寂寞的情怀实在无法描述；何况这正是人们欢乐团聚的除夕。衡阳还可以有鸿雁传书捎信。这郴阳比衡阳还远，连鸿雁也只影皆无。

赏析

词的上阕写除夕夜间长夜难眠的苦闷。开头二句，以简练的笔触勾勒了一个寂静幽深的环境。满天风雨冲破了南方的严寒，似乎呼唤着春天的到来。然而词人枯寂的心房，却毫无复苏的希望。环顾所居庭院的四周，深沉而又空虚，人世间除旧岁、迎新年的气象一点也看不到。“丽谯”二句是写词人数尽更筹，等待着天明。除夕之夜，人们是阖家守岁，而此刻的词人却深居孤馆，耳中听到的只是风声、雨声，以及凄楚的从城门楼上传来的画角声。这种声音，仿佛是乱箭，不断刺激着词人的内心，在这种情况下，词人好不容易度过“一夜长如岁”的除夕。

整个上阕，情调是低沉的，节奏是缓慢的。然而到了换头的地方，词人却以快速的节奏发出“乡梦断，旅魂孤”的咏叹。词人日日夜夜盼望回乡，可是如今却像游魂一样，孑然一身，漂泊在外。当此风雨之夕，即使他想在梦中回乡，也因角声盈耳，进不了梦境。至“峥嵘岁又除”一句，词人始正面点除夕。峥嵘，不寻常、不平凡之谓也，其中寓艰难之义。然而着一“又”字，却表明了其中蕴有多少次点燃了复又熄灭的希望之火，一个又一个的除夕到来了，接着又一个一个地消逝了，词人依旧流徙外地。痛楚之情，溢于言外。

词的结尾，写离乡日远，音讯久疏，连用二事，贴切而又自然。鸿雁传书的典故，出于《汉书·苏武传》。衡阳有回雁峰，相传鸿雁至此而北返。这两个典故，用得不着痕迹，表现词人对家乡音讯全无的失望心情。

除夜对酒赠少章[①]

【宋】陈师道

岁晚[②]身何托，灯前客未空[③]。
半生忧患里，一梦有无[④]中。
发短愁催白，颜衰酒借红[⑤]。
我歌君起舞，潦倒略相同。

【注　释】

①少章：名秦觏，字少章，北宋著名词人秦观之弟，与诗人交往甚密。
②岁晚：一年将尽。
③未空：（职业、事业）没有落空（即言“有了着落”）。
④有：指现实。无：指梦境。
⑤酒借红：“借酒红”的倒装。

作者名片

陈师道（1053—1102），字履常，一字无己，号后山居士，徐州彭城（今江苏徐州）人，北宋时期大臣、文学家，“苏门六君子”之一，江西诗派重要代表人物。陈师道亦能作词，其词风格与诗相近，以拗峭惊警见长。但其诗、词存在着内容狭窄、词意艰涩之弊病。著有《后山先生集》，词有《后山词》。

译文

一年又将过去，灯下的客人，事业理想都未落空，我却是无所依托。
我的前半生都在忧患里度过，梦中的东西在现实中却无法实现。
忧愁烦恼催短催白了头发，憔悴的容颜凭借酒力发红。
我唱起歌来，你且跳起舞，我俩潦倒的景况大致相同。

赏析

这首诗头两句写自己除夜孤单，有客来陪，自感十分快慰。中间四句回忆自己半生穷愁，未老已衰。结尾两句与开头呼应，由于主客潦倒略同，同病相怜，于是一人吟诗，一人踏歌起舞。

诗中体现了诗人不幸的遭遇和愁苦的心境，也体现了诗人那种对理想执着追求的精神。诗人并非仅仅哀叹时光的流逝，他做梦也希望能一展平生抱负，他为理想不能实现而郁郁寡欢和愤愤不平。

蝶恋花[①]·戊申[②]元日立春席间作

【宋】辛弃疾

谁向椒盘簪彩胜[③]？整整韶华[④]，争上春风鬓。往日不堪重记省，为花长把新春恨。

春未来时先借问[⑤]。晚恨开迟，早又飘零近。今岁花期[⑥]消息定，只愁风雨无凭准[⑦]。

【注 释】

①蝶恋花：又名“凤栖梧”“鹊踏枝”等。唐教坊曲，后用为词牌。《乐章集》《张子野词》并入“小石调”，《清真集》入“商调”。赵令畤有《商调蝶恋花》，联章作《鼓子词》，咏《会真记》事。双调，六十字，上下阕各四仄韵。
②戊申：即宋孝宗淳熙十五年（1188）。元日：正月初一。
③椒盘：盛有椒的盘子。彩胜：即旛胜。
④整整：人名，是辛弃疾所宠爱的一位吹笛婢，词中以其代表他家中的年轻人。韶华：青春年华。
⑤借问：询问（花期）。
⑥花期：花开的日期。暗指作者时时盼望的南宋朝廷改变偏安政策，决定北伐中原的日期。
⑦无凭准：靠不住。

作者名片

辛弃疾（1140—1207），原字坦夫，改字幼安，别号稼轩，历城（今山东济南）人，南宋官员、将领、文学家，豪放派词人，有“词中之龙”之称。与苏轼合称“苏辛”，与李清照并称“济南二安”。其词艺术风格多样，以豪放为主，风格沉雄豪迈又不乏细腻柔媚之处。其词题材广阔又善化用典故，抒写力图恢复国家统一的爱国热情，倾诉壮志难酬的悲愤，对当时执政者的屈辱求和颇多谴责；也有不少吟咏祖国河山的作品。现存词六百多首，有词集《稼轩长短句》等传世。

译 文

新的一年来临，正当美好年华的整整等人，争着从椒盘中取出春旛插上两鬓，春风吹拂着她们头上的旛胜，十分好看。我不是不喜欢春天，而是那种生活早已成为遥远的回忆，往日为了花期而常把春天怨恨。

今年春末到时我就开始探询花期，但花期短暂，开晚了让人等得不耐烦，开早了又让人担心它很快凋谢。今年是元日立春，花期应可定，可是开春之后风风雨雨尚难预料，谁知这一年的花开能否如人意？

【赏析】

这首词作于宋孝宗淳熙十五年戊申（1188 年）正月初一这一天，刚好是立春。自然界的节候推移，触发了他满腔的忧国之情。这一年辛弃疾已四十九岁，屈指一算，他渡江归宋已经整整二十七个年头了。二十七年来，辛弃疾无时无刻不盼望恢复大业成功，可是无情的现实却使他一次又一次地失望了。于是，他在春节的宴席上挥毫写下这首词，借春天花期没定准的自然现象，含蓄地表达了自己对国事与人生的忧虑。这也是辛词善于以比兴之体寄托政治感慨的一个特点。

高阳台·除夜

【宋】韩疁

频听银签①，重燃绛蜡，年华衮衮②惊心。饯旧迎新，能消几刻光阴。老来可惯通宵饮，待不眠、还怕寒侵。掩清尊③。多谢梅花，伴我微吟。

邻娃已试春妆了，更蜂腰簇翠④，燕股横金。勾引东风，也知芳思⑤难禁。朱颜那有年年好，逞艳游、赢取如今。恣登临。残雪楼台，迟日⑥园林。

【注 释】

①银签：指的是古时一种计时的器具，即更漏中的标签。

②衮衮：连续不断地流动，引申为急速流逝。此指时光匆匆。

③清尊：酒器，亦借指清酒。尊，同“樽”。
④蜂腰：与下句“燕股”都为“邻娃”的节日装饰，剪裁为蜂为燕以饰鬓。翠：翠钿、即翡翠做的花，是妇女的装饰物。
⑤芳思：犹言春情。
⑥迟日：春日。《诗经·豳风·七月》：“春日迟迟。”后以“迟日”指春日。

作者名片

韩疁，生卒年不详，字子耕，号萧闲，有《萧闲词》一卷，不传。共存词6首。

译　文

我频频地倾听更漏之声，又重新点起红烛，满屋光明。年华滚滚宛如流水，令我黯然心惊。饯别旧岁，迎接新春，还能用得着几刻光阴，新的一年翩翩来临。年老体衰，怎么能习惯通宵畅饮？想要守夜不睡，又怕寒气袭人衣襟。我轻轻地放下酒樽，感谢那初开的梅花，陪伴着我独自低吟。

邻家的姑娘已试着穿上春衣，美丽的鬓发上首饰簇新。蜂腰形的翡翠晶莹润泽，燕股形的宝钗嵌有黄金。温和的春风引起人们的春情，也令人芳情难禁。朱颜哪能年年都好，应该尽情地游乐，趁着现在的大好光阴，恣意地去眺望登临，观赏那残雪未消的玉色楼台，游览那斜阳辉映的美丽园林。

赏析

《高阳台》一调，音节整齐谐悦。此词开头“频听银签，重燃绛蜡”就是四字对句的定式。“频听银签”，一“频”字，可见守岁已久，听那银签自落声已经多次，说明夜已深矣。“重燃绛蜡”一句，说那除夜灯火通明，红烛烧残，下一支赶紧接着点上，将除夕夜的吉庆欢乐气氛，形象地勾勒了出来。

“衮衮”二字，继以“惊心”，笔力警劲动人，与晏殊的词句“可奈年光似水声，迢迢去不停”（《破阵子·湖上西风斜日》）有异曲同工之妙。通宵守岁已觉勉强，是睡，是坐，是饮，是止，词人心存犹豫。几番无奈，词人最后的主意是：酒是罢了，睡却不可，决心与梅花做伴，共作吟哦度岁的清苦诗侣。本是词人有意，去伴梅花，偏说梅花多情，来相伴我。如此可见用语精妙，而守岁者孤独寂寞之情，总在言外。

下阕笔势一宕，忽然转向邻娃写去。邻家少女，当此节日良宵，不但彻夜不眠，而且为迎新岁，已然换上了新装，为明日春游做好准备。看她们不但衣裳簇新，而且，装扮首饰，一派新鲜华丽气象。

写除夜至此，已入胜境，不料词笔跌宕，又推开一层，作者想象东风也被少女新妆之美而勾起满怀兴致，故而酿花蕴柳，暗地安排艳阳光景了。“勾引”二句为奇思妙想，意趣无穷。这样，词人这才归结一篇主旨。他以自己的经验感慨，现身说法，似乎是同意邻娃，又似乎是喃喃自语，说：“青春美景岂能长驻，亟须趁此良辰，“把握现在”，从此“明日”新年起，即去尽情游赏春光，从残雪未消的楼台院落一直游到春日迟迟的园林胜境！”

除夜太原①寒甚

【明】于谦

寄语天涯客②，轻寒底用③愁。
春风来不远，只在屋东头④。

【注　释】

①太原：军镇名，又名三关镇。防区在今山西省内长城以南，西起黄河，东抵太行山，在今山西省。
②天涯客：居住在远方的人。
③底用：何用，底，犹“何”，汉以来诗文中多用其义。
④屋东头：这里是说春天解冻的东风已经吹到屋东头。意思是春天已经快到了。

作者名片

于谦（1398—1457），字廷益，号节庵，官至少保，世称于少保。汉族，浙江杭州钱塘县（今浙江省杭州市上城区）人，明朝名臣、民族英雄。有《于忠肃集》传世。于谦与岳飞、张煌言并称“西湖三杰”。

译　文

请告诉居住在远方的朋友，天气虽有些微的寒冷，但不必为它发愁。春风吹来已经离我们不远，已经吹到了屋东头。

赏析

本诗是诗人客居太原，除夕夜天寒难耐时有感而作。除夕之夜本该合家团聚，然而诗人却栖身远方，又恰逢大寒，确实令人寂寞难熬。环境虽然极其艰苦，但是诗人在寒冬之时想到春天很快就要来到，希望“天涯客”不必忧愁，表现出他乐观向上的人生态度。

客中除夕①

【明】袁凯

今夕为何夕，他乡说故乡。
看人儿女大，为客岁年长。
戎马无休歇，关山正渺茫。
一杯柏叶酒②，未敌③泪千行。

【注　释】

①客中除夕：在外乡过大年除夕。客中，客居外乡之时。
②柏（bǎi）叶酒：用柏叶浸过的酒，也叫“柏酒”。古代风俗，以柏叶后凋耐久，因取其叶浸酒，元旦共饮，以祝长寿。
③未敌：不能阻挡。指欲借酒消愁，但仍阻止不了热泪滚滚。

作者名片

袁凯，生卒年不详，字景文，号海叟，明初诗人，以《白燕》一诗而负盛名，人称袁白燕。松江华亭（今上海市松江区）人，洪武三年（1370 年）任监察御史，后因事为朱元璋所不满，伪装疯癫，以病免职回家，终“以寿终”。著有《海叟集》4 卷。

译 文

今晚是怎样的一个夜晚？只能在异地他乡诉说故乡。眼看别人的儿女一天天长大，自己的客游生活却年年增长。战乱连年不断、无休无歇，关山阻隔，故乡归路渺茫。饮一杯除夕避邪的柏叶酒，却也压不住思亲眼泪万千行。

赏析

这首诗写了作者旅居在外的一个除夕夜的情景，抒发了诗人思念家乡、思念亲人的感情。

“今夕为何夕，他乡说故乡”，首联点题，开门见山交代了诗人在除夕之夜不能与家人团聚，共享天伦之乐，表现出诗人思念家乡的感情。

“看人儿女大，为客岁年长”，这两句写出了诗人的亲身感受，过年家家都是合家团聚，而自己却有家不能回，只能眼巴巴地看着别人的儿女一天天长大，而自己有儿有女却不能尽到做父亲的责任。

“戎马无休歇，关山正渺茫”，这两句交代出造成游子不幸的根本原因，是因为元末时期的战争频繁，同时表达出诗人反对战争、渴望和平的愿望。

“一杯柏叶酒，未敌泪千行”，这句写出了诗人在那种特殊环境下的特殊感受，别人都沉浸在节日的欢乐气氛中，而自己却客居他乡，只能借酒浇愁。但是，柏叶酒也不能消愁去恨。除夕之夜，合家团圆，喜迎新春，而诗人久居他乡，战乱频仍，妻离子别的痛苦，不能不使诗人“泪千行”。

浣溪沙·庚申除夜①

【清】纳兰性德

收取闲心冷处浓，舞裙犹忆柘枝[2]红。谁家刻烛待春风。
竹叶樽空翻采燕[3]，九枝灯灺颤金虫[4]。风流端合倚天公。

【注　释】

①庚申（gēng shēn）除夜：即康熙十九年（1680）除夕夜。

②柘（zhè）枝：即柘枝舞。此舞唐代时由西域传入内地，初为独舞，后演化为双人舞，宋时发展为多人舞。

③竹叶：指竹叶酒。采燕：旧俗于立春时剪彩绸为燕子形，饰于头上。

④九枝灯：一干九枝的烛灯。灺（xiè），熄灭。金虫：比喻灯花。

作者名片

纳兰性德（1655—1685），满洲正黄旗人，字容若，号楞伽山人，清代最著名词人之一，原名纳兰成德，一度因避讳太子保成而改名纳兰性德。纳兰性德的词以“真”取胜，写景逼真传神，词风“清丽婉约，哀感顽艳，格高韵远，独具特色”。著有《通志堂集》《侧帽集》《饮水词》等。

译　文

在寒冷的除夕夜里把心里浓烈的思念收起，且看眼前那柘枝舞女的红裙，还像往年一样绚烂吗？想起自家当年在除夕夜里在蜡烛上刻出痕迹来等待新春的到来。

竹叶酒已经喝尽了，大家都在头上戴着彩绸做成的燕子来欢庆新年的到来。灯烛已经熄灭了，剩下的灯花仿佛一条条金虫在微微颤抖，如此风流快乐，全仗着天公的庇护啊。

赏析

上阕写年末岁尾，各家皆翘首以待新春第一个黎明的到来。“收取闲心冷处浓”，开篇第一句话就奠定了本词的感情基调：在寒冷的除夕夜里本应该抛开所有，放下一切，静心等待，但浓郁的闲情却是冷处偏浓。在一片本应该繁花着锦的情境中，纳兰却似有一种无言的忧伤。“舞裙犹忆柘枝红”，此情此景让纳兰回忆起了当年观看柘枝舞的情景，气氛热烈，婀娜婉转。“谁家刻烛待春风”，想起自家当年在除夕夜里在蜡烛上刻出痕迹来等待新春的到来，在文人墨客的眼中，这就是十分风雅的事情了。这两句看似是回忆，却也道出了纳兰在除夕夜的一种怀念往昔生活的心情。

下阕写守岁时的场景。富贵人家的除夕夜别有一派富贵景象：“竹叶樽空翻采燕，九枝灯灺颤金虫”，竹叶酒喝尽了，头戴彩燕装饰的人们欢歌笑语，兴高采烈。九枝灯即将燃尽，余光之中贵妇们头上的金虫头饰与摇曳的烛光交相辉映，熠熠生辉。这两句用酒杯、彩燕和灯这几种意象来衬托除夕夜的热闹，反映出整个除夕夜欢腾的情景。在这样风流快活的场景中，纳兰是沉默的，冷峻的，“风流端合倚天公”，要成为与前贤比肩的“风流人物”，去建功立业，却只能赖天公庇佑，非人力所能强求，这句也表明了纳兰对当年逍遥自在生活的无限回忆。

第二篇 元宵节

正月十五夜灯

【唐】张祜

千门①开锁万灯明，正月中旬动帝京。
三百内人②连袖舞，一时天上著③词声。

【注　释】

①千门：形容宫殿群建筑宏伟、众多。
②内人：宫中歌舞艺伎，入宜春院，称“内人”。
③著：同“着”，犹“有”。此句形容歌声高唱入云，又兼喻歌乐声悦耳动听，宛若仙乐下凡。

作者名片

张祜（hù）（约785—849），字承吉，清河（今邢台市清河县）人，唐代诗人。家世显赫，被人称作张公子，有“海内名士”之誉。张祜的一生，在诗歌创作上取得了卓越成就。“故国三千里，深宫二十年”，张祜以是得名，《全唐诗》收录其349首诗歌。

译　文

元宵佳节，千家万户走出家门，街上亮起无数花灯，好像整个京都都震动了。无数宫女尽情地跳着连袖舞，人间的歌舞乐声直冲云霄，传到天上。

赏析

本诗描写了家家出门、万人空巷、尽情而来、尽兴方归闹上元夜的情景，使上元灯节成为最有诗意、最为销魂的时刻。

唐宫内万灯齐明，舞衲联翩，歌声入云，有鸟瞰式全景、有特写式近景，场面壮观，气象恢宏。

“千门开锁万灯明”句中，“千门开锁”就是指很多门的锁都打开了，“千门”泛指很多门，门锁都打开了即人都出门了。“万灯明”，泛指很多灯，明则指都亮起来了。“正月中旬动帝京”一句中“正月中旬”就是指正月十五，“动”指震动，形容热闹。“帝京”是指京城、国都。“三百内人连袖舞”一句中“三百内人”应该是指很多的宫女。“三百”形容人数众多，非实指。“连袖舞”是指跳舞。

“一时天上著词声”一句中“一时”是指当时，“天上著词声”是指人间的歌舞乐声直冲云霄，传到天上。也是极言歌舞的热闹和盛大，以及街上人数众多，声可直传天上。

正月十五夜闻京有灯恨不得观①

【唐】李商隐

月色灯光满帝都②，香车宝辇③隘通衢④。

身闲不睹中兴盛，羞逐乡人⑤赛紫姑⑥。

【注　释】

①灯：灯光。恨：遗憾。

②帝都：指京城。

③香车宝辇（niǎn）：指达官贵人乘坐的马车。宝辇，指用金银和宝石镶饰的车。

④隘通衢（qú）：谓拥挤于道路。隘，拥挤堵塞。

⑤乡人：指乡里普通人。

⑥赛紫姑：即举行迎紫姑的赛会。赛，旧俗以仪仗、鼓乐、杂戏迎神出庙、周游街巷的仪式。紫姑，俗称“坑三姑娘”，厕神名，民间旧俗元夕之夜于厕边或猪栏边迎之，以问祸福。

作者名片

李商隐（约813—858），字义山，号玉谿生，祖籍怀州河内（今河南沁阳市），生于郑州荥阳（今河南郑州荥阳市）。晚唐著名诗人，和杜牧合称“小李杜”。李商隐是晚唐乃至整个唐代，为数不多的刻意追求诗美的诗人。擅长诗歌写作，骈文文学价值颇高。其诗构思新奇，风格秾丽，尤其是一些爱情诗和无题诗写得缠绵悱恻，优美动人，广为传诵。

译文

明亮的月色和五彩的灯光洒满了京都，达官贵人乘坐的马车阻塞了街道。我身虽悠闲却看不见中兴的胜景，羞愧自己只能在乡下随着乡人祭祀厕神紫姑。

赏析

题目中的“恨”字，诗中的“身闲”二字，合起来是“恨身闲”，其实也是作者写此诗的主旨所在。诗很平常，然其情可悯，其言可哀。

“月色灯光满帝都”概括了京城街景，写出了元宵节的热闹。“月色灯光”点题面中的“正月十五夜”，“帝都”扣题面中的“京”。一个“满”字，则让京城的节日夜晚流光溢彩。

“香车宝辇隘通衢”，由灯写到人，说明人之多，街市之繁华。诗人未曾亲到现场却根据自己的想象，极力渲染出京城元宵夜的热烈气氛。

“身闲不睹中兴盛，羞逐乡人赛紫姑”，从前两句的想象中跌回到了现实状况。虽然元宵灯会异彩纷呈，热闹非凡，可是对别有感伤的诗人来说，那样的情形却愈发牵动他的万千思绪。李商隐作此诗时闲居家中。因此，后两句不仅说诗人看不到中兴景象，自己只能和乡人去参加迎紫姑的赛会，也充分表现诗人不愿无所事事而献身国家的殷切心情。

十五夜观灯

【唐】卢照邻

锦①里开芳宴②，兰缸③艳早年。
缛彩④遥分地，繁光远缀天。
接汉疑星落，依楼似月悬。
别有千金笑⑤，来映九枝前。

【注　释】

①锦：色彩华丽，这里指色彩华丽的花灯，正月十五有放花灯的习俗。
②开芳宴：始于唐代的一种习俗，由夫妇中的男方主办，活动内容一般为夫妻对坐进行宴饮或赏乐观戏。开，举行。
③兰缸：也作“兰釭”，是燃烧兰膏的灯具，也常用来表示精致的灯具。
④缛（rù）彩：也作“缛采”，绚丽的色彩。
⑤千金笑：指美丽女子的笑。

作者名片

卢照邻，字升之，自号幽忧子，汉族，幽州范阳（治今河北省涿州市）人，初唐诗人，其生卒年史无明载。他与王勃、杨炯、骆宾王以文词齐名，世称“王杨卢骆”，号为“初唐四杰”。有7卷本的《卢升之集》、明张燮辑注的《幽忧子集》存世。卢照邻尤工诗歌骈文，以歌行体为佳，不少佳句传颂不绝，如“得成比目何辞死，愿作鸳鸯不羡仙”等，更被后人誉为经典。

译文

在色彩华丽的灯光里，夫妻举办芳宴玩乐庆祝，精致的灯具下，年轻人显得更加光鲜艳丽。灯光绚丽的色彩遥遥看来好像分开了大地，繁多的灯火远远的点缀着天际。连接天河的灯光烟火好像是星星坠落下来，靠着高楼的灯像月亮一样悬挂在空中。还有美丽女子的美好笑容映照在九枝的火光下。

赏析

新正元旦之后，人们忙着拜节、贺年，虽然新衣美食，娱乐游赏的活动却比较少，元宵节则将这种沉闷的气氛打破，把欢庆活动推向了高潮。绚丽多彩的元宵灯火将大地点缀得五彩缤纷，甚至一直绵延不绝地与浩渺天穹连成一片，远处的（灯光）恍若点点繁星坠地，靠楼的（灯光）似明月高悬。为这节日增光添彩的，当然还少不了美丽姑娘的欢声笑语。宋代以后，元宵节的热闹繁华更是盛况空前，人们不但在节日之夜观灯赏月，而且尽情歌舞游戏。更为浪漫的是，青年男女往往在这个欢乐祥和的日子里较为自由地相互表达爱慕之意。

正月十五夜

【唐】苏味道

火树银花①合，星桥②铁锁开③。
暗尘随马去，明月逐人来。
游伎④皆秾李⑤，行歌尽落梅⑥。
金吾不禁夜⑦，玉漏莫相催。

【注　释】

①火树银花：比喻灿烂绚丽的灯光和焰火。特指上元节的灯景。

②星桥：星津桥，天津三桥之一，“洛水贯都，以像星汉”此处或以星津桥指代天津三桥。”东都洛阳，洛水从西面流经上阳宫南，流到皇城端门外，分为三道，上各架桥，南为星津桥，中为天津桥，北为黄道桥。开元年间，改修天津桥，星津桥毁，二桥合而为一。

③铁锁开：比喻京城开禁。唐朝都城都有宵禁，

④游伎：歌女、舞女。一作“游骑（jì）”

⑤秾（nóng）李：此处指观灯歌伎打扮得艳若桃李。

⑥落梅：曲调名。

⑦不禁夜：指取消宵禁。唐时，京城每天晚上都要戒严，对私自夜行者处以重罚。一年只有三天例外，即正月十四、十五、十六。

作者名片

苏味道（648—705），唐代政治家、文学家。赵州栾城（今河北石家庄市栾城县）人，少有才华，20岁举进士，累迁咸阳尉。与杜审言、崔融、李峤并称为文章四友，与李峤并称苏李。对唐代律诗发展有推动作用，诗多应制之作，浮艳雍容。《正月十五夜》（一作《上元》）咏长安元宵夜花灯盛况，为传世之作。原有集，今佚。《全唐诗》录其诗16首。苏味道死后葬今栾城苏邱村，其一子留四川眉山，宋代“三苏”为其后裔。

译 文

明灯错落，园林深处映射出璀璨的光芒，有如娇艳的花朵一般；由于四处都可通行，所以城门的铁锁也打开了。人潮汹涌，马蹄下尘土飞扬；月光洒遍每个角落，人们在何处都能看到明月当头。月光灯影下的歌妓们花枝招展、浓妆艳抹，一面走，一面高唱《梅花落》。京城取消了夜禁，计时的玉漏你也不要着忙，莫让这一年只有一次的元宵之夜匆匆过去。

赏析

这首诗是描写洛阳城里元宵之夜的景色。

诗的首联总写节日气氛：彻夜灯火辉煌，京城消禁，整个城池成了欢乐的海洋。“火树银花”形容灯彩华丽。这虽不是作者笔下的那个夜晚，但由此也可以推想其盛况如许。“合”字是四望如一的意思，是说洛阳城处处如此。

颔联写元夕车马游人之盛。由于车马交驰、游人杂沓，扬起了道路上的阵阵尘土。在平常的夜间，即使有尘土飞扬，人也是看不见的。但元夕之夜，由于月光灯影的照耀，却分明可见随着车马的飞驰而去，后面便扬起一阵飞尘，这就是所谓“暗尘随马去”。由于是望月，所以满月的清光映照着东都城的每一个角落。游人熙熙攘攘，摩顶接踵，月亮的光辉始终与人相随。由此“明月”还可进一步想象灯月交辉的热闹场景。

颈联于熙熙攘攘的人群中专挑出一类人来写，这就是“游伎”。她们可能是王公贵戚之家的歌舞伎人，为了相互夸示而让她们出来表演助兴的，她们自己也可借此观赏元夕灯月交辉、人流如织的热闹景象。总之，既是观赏者，又是元夕的一道亮丽风景。这两句中，一句写她们的美貌，一句写她们的技艺。

这就逼出了结尾两句：“金吾不禁夜，玉漏莫相催。”“金吾”，又称“执金吾”，指京城里的禁卫军。据史记载唐代设左、右金吾卫，主管统率禁军。玉漏，指古时的计时器，用铜壶滴漏以计时。统观全诗词采华艳，绚丽多姿；而音调和谐，韵致流溢，有如一幅古代节日的风情画，让人百看不厌。

上元夜六首·其一

【唐】崔液

玉漏银壶且莫催，铁关①金锁彻②明开。
谁家见月能闲坐？何处闻灯不看来？

【注　释】

①铁关：宫禁的城门，唐朝宫禁森严，平时入夜即关，天亮开放。
②彻：通，直到。

作者名片

崔液（？—714），字润甫，定州安喜（今河北定州）人，唐朝诗人，尤其擅长五言诗。官至殿中侍御史。因崔湜获罪应当流放，逃亡到郢州，作《幽征赋》抒发情怀，用词十分典雅华丽。遇到大赦返回，去世。友人裴耀卿编纂其遗文为文集十卷。

译　文

玉漏和银壶你们暂且停下不要催了，宫禁的城门和上面的金锁直到天亮也开着。谁家看到明月还能坐着什么都不做呢？哪里的人听说有花灯会不过来看呢？

赏析

崔液组诗《上元夜》七绝，共六首。描写当时京城长安元宵赏灯的繁华景象。这是崔液所作赏灯诗六首中的第一首。

“玉漏银壶且莫催，铁关金锁彻明开”。元宵夜尽管解除了宵禁，但长安城的钟鼓楼上，仍旧按时报更；人们听了，都嫌时间过得太快，怕不能玩得尽兴，于是说：滴漏箭壶，你不要这样一声比一声紧地催促呀，也不要过得那么快，今夜的城门要一直开到天亮呢！上句写出了人们“欢娱苦日短”的感慨，下句是说在此太平盛世，应该通宵尽兴。吃过晚饭，打扮一新的人们，按捺不住心中的喜悦，迫不及待地早早走出家门，三五成群相邀着，呼唤着，嬉笑着，涌出巷口，融入大街，汇进似潮般喧闹欢腾的人流。人们兴高采烈地燃放烟花爆竹，挥舞狮子龙灯，观赏绚丽多彩的灯火，评论着，嬉戏着，赞叹着。

后面接着连用两个问句：“谁家见月能闲坐？何处闻灯不看来？”“谁家”“何处”，实际是指家家、人人，说明万人空巷的盛况。这包括了上至王侯将相，下至平民百姓形形色色的各类人。因而，“谁家”“何处”这四字包含的内容实在太多，它把人声鼎沸、车如流水马如龙，灯火闪烁，繁花似锦的京城元宵夜景一语道尽。连用两个诘句，不仅将盛景迷人，令人不得不往的意思表达得灵活传神，而且给人以无限回味的余地，言有尽而意无穷。

青玉案·元夕

【宋】辛弃疾

东风夜放花千树①，更吹落，星如雨②。宝马雕车③香满路。凤箫声动，玉壶④光转，一夜鱼龙舞⑤。

蛾儿雪柳黄金缕⑥，笑语盈盈⑦暗香⑧去。众里寻他千百度，蓦然回首，那人却在，灯火阑珊处。

【注　释】

①花千树：花灯之多如千树开花。
②星如雨：指焰火纷纷，乱落如雨。星，指焰火。形容满天的烟花。
③宝马雕车：豪华的马车。
④玉壶：比喻明月。亦可解释为指灯。
⑤鱼龙舞：指舞动鱼形、龙形的彩灯，如鱼龙闹海一样。
⑥蛾儿、雪柳、黄金缕：皆古代妇女元宵节时头上佩戴的各种装饰品。这里指盛装的妇女。
⑦盈盈：声音轻盈悦耳，亦指仪态娇美的样子。
⑧暗香：本指花香，此指女性们身上散发出来的香气。

译　文

东风吹开了元宵夜的火树银花，花灯灿烂，就像千树花开。从天而降的礼花，犹如星雨。豪华的马车在飘香的街道行过。悠扬的凤箫声四处回荡，玉壶般的明月渐渐转向西边，一夜舞动鱼灯、龙灯不停歇，笑语喧哗。

美人头上都戴着华丽的饰物，笑语盈盈地随人群走过，只有衣香犹在暗中飘散。我在人群中寻找她千百回，猛然回头，不经意间却在灯火零落之处发现了她。

赏析

此词的上阕主要写上元节的夜晚，满城灯火，众人狂欢的景象。“东风夜放花千树，更吹落，星如雨”，这是化用唐朝诗人岑参的“忽如一夜春风来，千树万树梨花开”。然后写车马、鼓乐、灯月交辉的人间仙境，写民间艺人们载歌载舞、鱼龙漫衍的“社火”百戏，极为繁华热闹，令人目不暇接。其间的“宝”“雕”“凤”“玉”，种种丽字，只是为了给那灯宵的气氛来传神来写境，大概那境界本非笔墨所能传写，幸亏还有这些美好的字眼，聊为助意而已。这也是对词中的女主人公言外的赞美。

下阕专门写人。作者先从头上写起：这些游女们头上都戴着亮丽的饰物，行走过程中不停地说笑，在她们走后，衣香还在暗中飘散。这些丽者，都非作者意中关切之人，在百千群中只寻找一个——却总是踪影难觅，已经是没有什么希望了。忽然，眼睛一亮，在那一角残灯旁边，分明看见了，是她！没有错，她原来在这冷落的地方，未曾离去！发现那人的一瞬间，是人生精神的凝结和升华，是悲喜莫名的感激铭篆。到末幅煞拍，才显出词人构思之巧妙：那上阕的灯、月、烟火、笙笛、社舞、交织成的元夕欢腾，那下阕的惹人眼花缭乱的一队队的丽人群女，原来都只是为了那一个意中之人而设，倘若无此人，那一切就没有任何意义与趣味。

同时，还有一种说法认为：站在灯火阑珊处的那个人，是对他自己的一种写照。根据历史背景可知，当时的他不受重用，文韬武略施展不出，心中怀着一种无比惆怅之感，所以只能在一旁孤芳自赏。也就像站在热闹氛围之外的那个人一样，给人一种清高不落俗套的感觉，体现了受冷落后不肯同流合污的高士之风。

蝶恋花·密州上元

【宋】苏轼

灯火钱塘三五夜①，明月如霜，照见人如画。帐底吹笙香吐麝②，更无一点尘随马。

寂寞山城③人老也！击鼓吹箫，却入农桑社。火冷灯稀霜露下，昏昏雪意云垂野。

【注　释】

①钱塘：此处代指杭州城。三五夜：即每月十五日夜，此处指元宵节。
②帐：此处指富贵人家元宵节时在堂前悬挂的帏帐。香吐麝：意谓富贵人家的帐底吹出一阵阵的麝香气。麝：即麝香，名贵的香料。
③山城：此处指密州。

译　文

杭州城的元宵夜，明月好似霜，照得人好似一幅画。帐底吹笙，燃香的香气好似麝香，更无一点尘土随着马而去。

寂寞的密州城里人们都老了，人们沿街击鼓吹箫而行，最后却转到农桑社祭祀土地神。灯火清冷稀少霜露降下，阴暗昏沉的乌云笼罩着大地，要下雪了。

赏析

此词作于熙宁八年（1075 年），时苏轼在密州。全词用粗笔勾勒的手法，抓住杭州、密州气候、地理、风俗等方面各自的特点，描绘了杭州上元节和密州上元节的不同景象，流露了作者对杭州的思念和初来密州时的寂寞心情。

这首词题记为“密州上元”，词却从钱塘的上元夜写起。东坡用一句“灯火钱塘三五夜”，点出灯夕的盛况。“明月如霜”，写月光之白。但元宵夜的月正圆，灯月交辉，引来满城男女游赏。元宵节是宋代一个很重要的节日。这一天街上游人如织，男子歌啸而行，女子盛装而出。难怪东坡要写月光“照见人如画”了。这还是街市的游人。至于富贵人家庆赏元宵，又另有一种排场。作者一句“帐底吹笙香吐麝”写尽杭州城官宦人家过节的繁奢情景。“更无一点尘随马”，化用苏味道《正月十五夜》诗“暗尘随马去，明月逐人来”句，进一步从动态写游人。说“无一点尘”，更显江南气候之清润。

上阕描写杭州元宵景致，作者此时是刚来密州任知州，正好遇到元宵佳节，在街上看灯，观月时的情景和由此而产生的感想。词句虽不多，却也“有声有色”。写灯、写月、写人，声色交错，充分展现了杭州元宵节的热闹、繁荣景象。

下阕描写密州上元。“寂寞山城人老也”是一句过片，使情调陡然一转，用“寂寞”二字，将前面“钱塘三五夜”那一片热闹景象全部移来，为密州上元作反衬，形成鲜明的对比，写出了密州上元的寂寞冷清。无须多着一字，便觉清冷萧索。结句“火冷灯稀霜露下，昏昏雪意云垂野”则不但写出了密州气候的寒冷，而且也让人感觉到环境的空旷苍凉。

生查子·元夕

【宋】欧阳修

去年元夜时，花市灯如昼①。
月上②柳梢头，人约黄昏后。
今年元夜时，月与灯依旧。
不见③去年人，泪湿④春衫⑤袖。

【注 释】

①灯如昼：灯火像白天一样。
②月上：一作“月到”。
③见：看见。
④泪湿：一作“泪满”。
⑤春衫：年少时穿的衣服，也指代年轻时的自己。

作者名片

欧阳修（1007—1072），字永叔，号醉翁，晚号“六一居士”。汉族，吉州永丰（今江西省永丰县）人，因吉州原属庐陵郡，以“庐陵欧阳修”自居，北宋政治家、文学家、史学家。死后累赠太师、楚国公，谥号“文忠”，故世称欧阳文忠公。欧阳修与韩愈、柳宗元、王安石、苏洵、苏轼、苏辙、曾巩合称“唐宋八大家”。后人又将其与韩愈、柳宗元和苏轼合称“千古文章四大家”。他曾主修《新唐书》，并独撰《新五代史》，有《欧阳文忠集》传世。

译　文

去年元宵节的时候，花市被灯光照得如同白昼。

与佳人相约在黄昏之后、月上柳梢头之时同叙衷肠。

今年正月十五元宵节，月光与灯光仍同去年一样。

再也看不到去年的故人，相思之泪沾湿了春衫的衣袖。

赏析

词的上阕是女主人公对一年前与情人约会的回忆。首先明确地交代了时间，点出了词的题目。接着用“花市灯如昼”一句描写了当今风光。花市，每年春天举行的卖花、赏花的集市，是一种富有诗意

的民间风习。花市未收，华灯已上，照耀得如同白昼一般，这就写出了元夜的繁华热闹。因为是三五之夜，此刻那徐徐升起的一轮明月，正爬上柳树的枝头。灯、月交辉，已经为节日增添了异彩；而在婀娜多姿的柳树的映衬下，明月更显得妩媚多情，仿佛在注视着人间的一切。

这里写“灯”，写“月”，固然紧紧扣住了“元夜”的特点，但更重要的，还是为了设置背景，渲染气氛，衬托下文将要写到的人事的美好。这“人事”自然是指女主人公与情人的约会。你看，她止不住内心的欢悦和激动，终于道出了只属于她与情人之间的秘密：“人约黄昏后。”有了上面的渲染和铺垫，这约会便显得无限甜蜜和温馨。女主人公只用一句话轻轻点出，而把约会的具体情事推到“幕后”，不仅多少表现了少女的羞涩，可令人想见她的欲言又止的情态，而且给读者留下了广阔的想象空间，从而表现了作者刻画人物心理与剪裁的精湛技巧。

下阕是女主人公直抒当前物是人非、旧情难续的感伤情绪，与上阕恰好形成鲜明的对照。在再度点明那一特定时间后，仍从“月”与“灯”着笔，而以“依旧”二字简而言之，只是由上文映带，这就省去了不必要的笔墨。但对人事的叙说有所强化：“不见去年人，泪湿春衫袖。”虽然着墨不多，却也勾勒出了一位伤心美人的形象，读者从她的衫袖上泪水之多（“湿”）不难看出她感伤情绪的浓重。这完全是由“不见去年人”所引起的。尽管造成这种可悲的现状，到底是由于某种原因而暂时离别，还是由于外力的强制而永远分手，我们不得而知，因而无法判定那种感伤情绪是离愁别恨，还是失恋的悲哀，不过从女主人公深切的惆怅之情中，还是感受到了她内心的极大痛苦。

浣溪沙·春点疏梅雨后枝

【宋】姜夔

己酉[①]岁，客吴兴[②]，收灯夜阖户无聊，俞商卿[③]呼之共出，因记所见。

春点疏梅雨后枝，翦灯心事峭寒时[④]。市桥携手步迟迟。

蜜炬[⑤]来时人更好，玉笙吹彻夜何其。东风落靥不成归。

【注　释】

①己酉：宋孝宗淳熙十六年（1189 年）。
②吴兴：旧郡名，宋代为湖州，即今浙江湖州。
③俞商卿：白石之友：名灏，字商卿，世居杭州，晚年于西湖九里松筑室，作《青松居士集》。
④翦（jiǎn）灯心事：收灯。峭（qiào）寒：料峭寒气。
⑤蜜炬：蜡烛。蜜炬来时，指秉烛而游。

作者名片

姜夔（1154—1221），字尧章，号白石道人，汉族，饶州鄱阳（今江西省鄱阳县）人，南宋文学家、音乐家。其作品素以空灵含蓄著称，姜夔对诗词、散文、书法、音乐，无不精善，是继苏轼之后又一难得的艺术全才。有《白石道人诗集》《白石道人歌曲》《续书谱》《绛帖平》等书传世。

译　文

淳熙十六年，客居吴兴，收灯夜百无聊赖，记录与友人俞商卿漫步吴兴街头所见。

江南的早春，霏霏细雨浸润梅枝。雨后枝叶像被春色点染，愈见青翠。剪灯之后，元宵的欢乐就告结束，个个都心存惦念，冒着料峭春寒，最后一次涌上街市观赏花灯。与朋友携手漫步，也徜徉于灯市街桥。

花灯点燃起来，舞灯的队伍表演起来，人们的情绪更加高涨，观灯的人也更加多起来。玉笙凤箫欢快的曲调一直奏响到更深夜阑。狂欢的人们在拂面春风中彻夜歌舞，流连不归。

赏析

上阕首二句写未出观灯前的寂寞心情。“春点疏梅雨后枝，翦灯心事峭寒时”两句，真所谓“清空而义骚雅”。于情意讲，惜梅心事，乃叹息于春来匆匆，不过一般伤春意绪而已。“春点”所塑造的“春点疏梅雨后枝”的意象，非常诗意化，清寒寂寥中带来几分雅润清丽，很耐品味。第三句写出行。“迟迟”两字写出层层心意，白石此行因收灯后百无聊赖引起，友人俞商卿呼之乃出，俞商卿不呼他人而单唤白石，显然两人情谊非同寻常，在举城喧闹过后携手漫步，正是友人彼此交心的最佳时刻，步履缓慢，交谈喁喁，生怕急促的脚步破坏了这份心灵间的宁静。

下阕首二句写元宵灯市的热闹场面：蜜炬，是所见；笙歌，是所闻。结句写看灯的人乐而忘返，到夜深不肯归去。玉筝呜呜，江梅点点，行行走走，好不惬然。可惜一阵东风吹来，梅花吹落，望之不禁失神，“东风落靥”一句，以美人笑靥比娇嫩梅花，韵致清绝，思之如圃，美不胜收。

解语花·上元

【宋】周邦彦

风消焰蜡①，露浥红莲，花市光相射。桂华流瓦。纤云散，耿耿素娥欲下。衣裳淡雅。看楚女纤腰一把。箫鼓喧，人影参差，满路飘香麝。

因念都城放夜②。望千门如昼，嬉笑游冶。钿车③罗帕。相逢处，自有暗尘随马。年光是也。唯只见、旧情衰谢。清漏移，飞盖④归来，从舞休歌罢。

【注 释】

①焰蜡：燃着的蜡烛。一作“绛蜡”。
②放夜：古代京城禁止夜行，惟正月十五夜弛禁，市民可欢乐通宵，称作“放夜”。
③钿（diàn）车：装饰豪华的马车。
④飞盖：飞车。

作者名片

周邦彦（1056—1121），字美成，号清真居士，汉族，钱塘(今浙江杭州)人，北宋末期著名的词人。作品多写闺情、羁旅，也有咏物之作。格律谨严，语言典丽精雅。长调尤善铺叙。为后来格律派词人所宗。作品在婉约词人中长期被尊为“正宗”。旧时词论称他为“词家之冠”或“词中老杜”，是公认“负一代词名”的词人，在宋代影响甚大。有《清真居士集》，已佚，今存《片玉集》。

译文

蜡烛在风中燃烧，夜露浸湿了花灯，街市上灯光交相映射。皎洁月光照着屋瓦，淡淡的云层散去，光彩照人的嫦娥飘然欲下。衣裳是多么精致素雅，南国少女个个都细腰如掐。大街小巷箫鼓喧腾，人影攒动，条条路上幽香阵阵。

不由想起当年京城的灯夜，千家万户张灯结彩如同白昼。姑娘们笑盈盈出门游赏，香车上不时有人丢下罗帕。有缘相逢的地方，必是打马相随尘土飞扬。今年的京城想必依旧，只是我旧日的情怀已全衰谢。钟漏轻移时间不早，赶快乘车回去吧，任凭人们去尽情歌舞玩耍。

赏析

这是词人漂流他乡，逢元宵节的忆旧感怀之作。先写元宵夜的灯节花市，巨大的蜡烛，通明的花灯，露水虽然将灯笼纸打湿，可里面烛火仍旺。月光与花市灯火互相辉映，整个世界都晶莹透亮，嫦娥也想下来参加人间的欢庆。苗条的楚地姑娘在花市嬉戏，箫鼓喧闹，满路溢香。又写“昔日”京都的元宵，着重从大处着笔。“钿车罗帕”突出都市特点，与上阕“楚女纤腰”及“箫鼓”形成对照，脉络井然。“暗尘随马”写夜市繁华，从“年光是也”开始抒情，抒发今不如昔的际遇和伤感。此作结构缜密，厚重顿挫，极具匠心。

思越人①·紫府东风放夜时

【宋】贺铸

紫府东风放夜时②。步莲秾李伴人归③。五更钟动笙歌散，十里月明灯火稀。

香苒苒④，梦依依。天涯寒尽减春衣。凤凰城阙⑤知何处，寥落星河一雁飞。

【注　释】

①思越人：词牌名，又名《思佳客》《鹧鸪天》《剪朝霞》《骊歌一叠》。双调，五十五字，押平声韵。

②紫府：紫色象征华贵，皇宫、仙居皆可称紫府，此处指整个东京（今开封）。放夜：解除夜禁。

③步莲：步莲，形容女子步态优美。秾（nóng）李：形容女子貌美如秾艳的李花。

④苒苒（rǎn）：气味或烟尘轻飘的样子。

⑤凤凰城阙：凤凰栖息的宫阙，这里指京城。

作者名片

贺铸（1052—1125），字方回，又名贺三愁，人称贺梅子，自号庆湖遗老，汉族，卫州（今河南卫辉）人，北宋词人。能诗文，尤长于词。其词内容、风格较为丰富多样，兼有豪放、婉约二派之长，长于锤炼语言并善融化前人成句。用韵特严，富有节奏感和音乐美。部分描绘春花秋月之作，意境高旷，语言清丽哀婉，近秦观、晏几道。其爱国忧时之作，悲壮激昂，又近苏轼。南宋爱国词人辛弃疾等对其词均有续作，足见其影响。

译　文

东风初起的京城解除宵禁之时，我伴着看貌如秾李、步生莲花的美人归去。五更的钟声响起，笙歌已散尽，月色皎皎而灯火稀疏。

香烟袅袅，梦魂恢依。天涯寒意散尽，我减下春衣。京城迢远，不知在何处，只望见稀疏冷落的银河下孤雁高飞。

〔赏析〕

这是一首记梦词，写梦中京城元宵节的欢乐情景，以及梦醒后的凄清之境和失落之感，含蓄地表达了一种抚今追昔、怀才不遇的情绪。

全词构思完整，一气呵成。上下阕的环境、氛围、情绪截然不同。一梦一真，一虚一实，一乐一哀，对照鲜明，又侧重后者，强调词人今日的失意。做梦乃生活中平常现象，词人却能因之为词，创作出成功的佳构，抒发自己的哀乐，实非易事。

柳梢青·春感

【宋】刘辰翁

铁马①蒙毡，银花②洒泪，春入愁城③。笛里番腔，街头戏鼓④，不是歌声。

那堪独坐青灯。想故国、高台月明。辇下风光，山中岁月，海上心情。

【注　释】

①铁马：指战马，这里指元军的铁骑。

②银花：元宵的花灯。洒泪：兼用杜甫《春望》“感时花溅泪”意。

③愁城：借指临安。

④戏鼓：指蒙古的流行歌曲，鼓吹杂戏。

作者名片

刘辰翁（1233—1297），字会孟，别号须溪，庐陵灌溪（今江西省吉安市吉安县梅塘乡小灌村）人，南宋末年著名的爱国诗人。景定三年（1262 年）登进士第。他一生致力于文学创作和文学批评活动，为后人留下了可贵的文化遗产，遗著由子刘将孙编为《须溪先生全集》，《宋史·艺文志》著录为一百卷，已佚。

译　文

到处都是披着毛毡的蒙古骑兵，亡国后，人们去观看上元灯市，花灯好像也伴人洒泪。春天来到这座悲惨的城市，元军在街头打着鼓、耍把戏，横笛吹奏起蒙古的腔调，哪里有一点儿春天的光景？耳闻目睹，心头不是滋味！

在微弱的灯光下叹息，悲伤无聊的生活把人折磨，在这明月高悬的上元灯市，我十分留恋沦陷的楼台房舍。那令人眷恋的临安都城的风景，那隐居山林的寂寞岁月，那逃往海滨的小朝廷的君臣，怎么进行抗敌斗争，复兴祖国？我的心情久久不能平静！

赏析

这是作者在上元节前的一个晚上写的感伤时乱，怀念故国的词作。

上阕写想象中临安元宵灯节的凄凉情景。“铁马蒙毡，银花洒泪，春入愁城”三句，写元统治下的临安一片凄凉悲愁的气氛。“笛里番腔，街头戏鼓，不是歌声”三句，写想象中临安元宵鼓吹弹唱的情景。这几句对元统治者表现出了愤慨，感情由前面的悲郁苍凉转为激烈高亢，笔势劲直，激愤直率，可以想见作者其时填膺的义愤。

下阕抒发了作者的思国之情。“那堪独坐青灯。想故国、高台月明”。两句承上启下，用“想故国”三字点明上阕所写都是自己对故都临安的遥想。故国旧都、高台宫殿，如今都笼罩在一片惨淡的明月之下，繁华散尽，都已化成无边的寂寞与悲凉，这本已使人不能忍受。更何况又独居于寂寞的深山，夜阑人静，遥想沦亡之故都，不但无力恢复故国，连再见到故都临安的机会也很难有，苦闷之情哪堪禁受啊。荧荧青灯与故国苍凉明月，相互映照，更显出情深真挚无比凄凉。这两句文势由陡急转为舒缓，而感情则变得更加沉郁。“辇下风光，山中岁月，海上心情”三句思维极为跳跃，内涵颇为丰富，联想的余地也更大，全词到此结束，但言有尽而意无穷。

踏莎行·元夕

【宋】毛滂

拨雪寻春，烧灯①续昼。暗香院落梅开后。无端夜色欲遮春，天教月上宫桥②柳。

花市无尘，朱门如绣。娇云瑞雾笼星斗。沉香③火冷小妆残，半衾轻梦浓如酒。

【注　释】

①烧灯：即燃灯。
②宫桥：在山东滕州东南四十五里，跨薛河。
③沉香：水香木制成的薰香。

作者名片

毛滂（1056—约1124），字泽民，衢州江山石门（今浙江衢州）人，北宋词人。生于“天下文宗儒师”世家。父维瞻、伯维藩、叔维甫皆为进士。他自幼酷爱诗文辞赋，北宋元丰二年（1079年），与西安（今浙江衢州）赵英结为伉俪。毛滂诗词被时人评为“豪放恣肆”“自成一家”。有《东堂集》十卷和《东堂词》一卷传世。

译文

拨开积雪寻找初春的迹象，点亮灯火延续白日。梅花落后，小院里残留着暗香。夜色试图掩盖春天的气色，月亮渐渐爬上宫桥边的柳树梢上。

花市里游客散尽，尘埃落定，富贵人家的大门刻画得犹如锦绣。娇柔的薄云与祥瑞的雾气笼罩着星斗。沉香已经燃尽冷透，脸上精心打点的妆容也已只余下残缺，她沉浸在浓醇如酒的半衾轻梦之中。

赏析

腊梅开后，白雪残存，词人拨雪寻春，乃至燃灯续昼，其雅兴已似痴。月上柳梢，云雾笼星，沉香烟消，其梦境又如醉。词写得清丽宛转，韵味淳郁。

女冠子·元夕

【宋】蒋捷

蕙花香也。雪晴池馆如画。春风飞到，宝钗楼[1]上，一片笙箫，琉璃光射。而今灯漫挂。不是暗尘明月，那时元夜。况年来、心懒意怯，羞与蛾儿[2]争耍。

江城人悄初更打。问繁华谁解，再向天公借。剔残红灺[3]。但梦里隐隐，钿车罗帕。吴笺[4]银粉砑[5]。待把旧家风景，写成闲话。笑绿鬟邻女，倚窗犹唱，夕阳西下。

【注 释】

①宝钗楼：唐宋时咸阳酒楼名。此处泛指精美的楼阁。
②蛾儿：闹蛾儿，用彩纸剪成的饰物。
③灺（xiè）：没点完的蜡烛；也泛指灯烛。
④吴笺：吴地所产之笺纸。常借指书信。
⑤银粉砑（yà）：碾压上银粉的纸。

作者名片

蒋捷（约 1245—1305），字胜欲，号竹山，南宋词人，宋末元初阳羡（今江苏宜兴）人。先世为宜兴大族，南宋咸淳十年（1274 年）进士。南宋覆灭，深怀亡国之痛，隐居不仕，人称“竹山先生”“樱桃进士”，其气节为时人所重。长于词，与周密、王沂孙、张炎并称“宋末四大家”。其词多抒发故国之思、山河之恸，风格多样，而以悲凉清俊、萧寥疏爽为主。尤以造语奇巧之作，在宋季词坛上独标一格，有《竹山词》1 卷，收入毛晋《宋六十名家词》本、《彊村丛书》本，又有《竹山词》2 卷，收入涉园景宋元明词续刊本。

译文

蕙兰花散发出阵阵幽香，雪后的晴空，辉映着池沼馆阁犹如画景风光。春风吹到精美的歌楼舞榭，到处是笙箫管乐齐鸣。琉璃灯彩光四射，满城都是笑语欢声。而今随随便便挂上几盏小灯，再不如昔日士女杂沓，彩灯映红了尘埃迷天漫地，车水马龙，万众欢腾。何况近年来我已心灰意冷，再也没有心思去寻欢逛灯。

江城冷落人声寂静，听鼓点知道才到初更，却已是如此的冷清。请问谁能向天公再度讨回以前的繁荣升平？我剔除红烛的残烬，只能在梦境中隐隐约约重见往年的情景。人来人往，车声隆隆，手持罗帕的美女如云。我正想用吴地的银粉纸，闲记故国元夕的风景，以便他日凭吊。我笑叹那邻家梳着黑发的姑娘，凭倚窗栏还在唱着“夕阳西下”！

赏析

全词起笔“蕙花香也。雪晴池馆如画”，即沉入了对过去元夕的美好回忆：兰蕙花香，雪霁天晴，亭台楼阁之中池波荡漾，街市楼馆林立，宛若画图，尽是一派迷人景象，极度地渲染了元宵节日氛围。“春风飞到，宝钗楼上，一片笙箫，琉璃光射”，春风和煦，酒旗飘拂，笙箫齐奏，仙乐风飘。那令人陶醉的音乐，那壮观的灯市，使词人忆起如昨天一般。“而今灯漫挂。不是暗尘明月，那时元夜”，“而今”二字是过渡，上写昔日情景，下写当日元夕景况。“不是暗尘明月，那时元夜”既写此夕的萧索，又带出昔日的繁华。以上是从节日活动方面作今昔对比。“况年来、心懒意怯，羞与蛾儿争耍”，今昔不同心情的对比。写当日的元宵已令人兴味索然，心境之灰懒，更怕出去观灯了。这种暗淡的心情是近些年来才有的，是处境使然。

下阕“江城人悄初更打”，从灯市时间的短促写今宵的冷落，并点明词人度元宵节所在地——江城。下面数句直至词末，一连用了“问”“但”“待把”“笑”等几个领字，一气直下，写出了自己内心的悲恨酸楚。“问繁华谁解，再向天公借”，用倒装句法，提出有谁能再向天公借来繁华呢？“剔残红灺。但梦里隐隐，钿车罗帕”，怀着无可奈何的心情，词人剔除烛台上烧残的灰烬入睡了。梦中那辚辚滚动的钿车、佩戴香罗手帕的如云美女，隐隐出现。“吴笺银粉砑。待把旧家风景，写成闲话”，以最精美的吴地的银粉纸，把“旧家风景”写成文字，以寄托自己的拳拳故国之思。听到邻家的少女还在倚窗唱着南宋的元夕词。现在居然有人能唱这首词，而这歌词描绘的繁华景象和“琉璃光射”“暗尘明月”正相一致。心之所触，心头不禁为之一动，略微感到一丝欣慰，故而以一“笑”字领起。但这“笑”中实在含有无限酸楚，因为“繁华”毕竟是一去不返了。

木兰花令[1]·元宵似是欢游好

【宋】苏轼

元宵似是欢游好。何况公庭民讼[2]少。万家游赏上春台[3]，十里神仙迷海岛。

平原不似高阳傲[4]。促席[5]雍容陪语笑。坐中有客最多情，不惜玉山拚[6]醉倒。

【注　释】

①木兰花令：原唐教坊曲名，后用为词牌名。
②公庭民讼：指百姓到官府告状。
③春台：代指游览胜地。
④平原：这里代指好客的主人。高阳：秦汉之际的郦食其，陈留高阳乡人。其人好读书，家贫落魄，县中呼为狂生。
⑤促席：座席靠近。雍（yōng）容：形容主人待客有礼，态度和蔼。
⑥玉山拚（pàn）醉倒：形容客人的醉态。拚：就是豁出去，毫不顾惜自己的意思。

译　文

元宵看来还是寻欢游乐好，何况诉讼少，公事清闲，万家百姓登上春日观赏景物之台。城市十里之内成了繁华美丽的海上仙岛，使神仙也为之迷惑。

平原君敬待宾客，不像高阳酒徒无礼傲慢，和客人坐在一起，宽和从容地陪伴客人谈笑。客人中有个最富于感情，为了珍惜主人待客的殷勤拼着醉倒在地而尽兴喝酒。

赏析

上阕极写元宵节的游赏欢乐，及公庭讼少的愉悦心情。“元宵似是欢游好，何况公庭民讼少”，“似是”，正说明词人原本并没有主动出游元宵佳节的打算，只是由于他的公务闲暇，“公庭民讼少”了，内心愉悦才使他引起了赏游元宵夜景的乐趣。如今“公庭民讼少”，词人从心底发出惬意的快感，所以，当他看到“万家游赏上春台”时，他自己和所有游人，都像活神仙一样迷路在三神山海岛之中了。

下阕极写“与民同乐”的欢快宴席。“平原不似高阳傲。

促席雍容陪语笑”。词人在人群中间，谦逊质朴，礼敬宾客，平等如兄弟，有如赵国平原君的贤明待宾，而毫无“高阳酒徒”的傲慢。他总是从容温和地靠近群众，和人们满面赔笑的对语谈心，尽情享受着与人民打成一片的乐趣。“坐中有客最多情，不惜玉山拚醉倒”，在欢快的宴席中，顿时出现了一个“最多情”的民客形象，而把欢情霎时推到高潮，可谓笔端生花。而“拚”字尤为传神。这正是词人与群众亲密“鱼水情”关系的典型反映。

全词感情真挚，清新自然，即兴抒怀，酣畅淋漓。而且格调健朗，构思精巧，一气呵成，余音袅袅。

倾杯乐·禁漏花深

【宋】柳永

禁漏花深，绣工日永①，蕙风布暖。变韶景②、都门十二③，元宵三五，银蟾光满。连云复道凌飞观。耸皇居丽，嘉气瑞烟葱蒨。翠华宵幸，是处层城阆苑。

龙凤烛、交光星汉。对咫尺鳌山、开羽扇。会乐府、两籍神仙，梨园四部弦管④。向晓色、都人未散。盈万井、山呼鳌抃⑤。愿岁岁，天仗里、常瞻凤辇。

【注　释】

①绣工日永：绣工，指太阳，太阳就像是一个刺绣工人一样，不断在大地上绣出各种美丽的图画；日永，一天比一天长。
②变韶景：变成春天的时光。
③都门十二：都城之门有十二座，借指整个京城。
④梨园：戏班子。此指乐府、教坊之类。四部：四部乐工，即龟兹、大鼓、胡、军乐。此统指所有的管弦之乐。
⑤鳌（áo）抃（biàn）：形容欢欣鼓舞。

作者名片

柳永（约984—1053），原名三变，字景庄，后改名柳永，字耆卿，因排行第七，又称柳七，崇安（今福建武夷山）人，生于沂州费县（今山东费县），北宋著名词人，婉约派代表人物。柳永是第一位对宋词进行全面革新的词人，也是两宋词坛上创用词调最多的词人。柳永大力创作慢词，将敷陈其事的赋法移植于词，同时充分运用俚词俗语，以适俗的意象、淋漓尽致的铺叙、平淡无华的白描等独特的艺术个性，对宋词的发展产生了深远影响。

译　文

随着禁漏的不断滴漏，时间一点一点地过去了，花草已经长高了。太阳就像个刺绣工人不断在大地上绣出各种图画。带有蕙花香气的风把温暖散布在人间。都城有十二座门，正月十五元宵节，月亮十分圆，很高的阁楼之间的通道几乎和云层相连，皇室成员的居所高耸华丽，嘉气瑞烟缭绕在花草树木之间，有如仙境一般。元宵佳节，皇帝出来和大家一起观灯赏月，临幸到了皇城的有如神仙所居住的花园之中。

龙凤花纹的蜡烛，与天空的星月所发出的光辉交相辉映。在距离灯火晚会很近的地方打开皇帝仪仗的掌扇。会见由乐府管理的民官两籍乐妓及梨园四部。天快亮了人们还没散去，街道都塞满了人，都向圣上高呼万岁。希望年年都能看到圣上的仪仗。

赏析

词的上阕重在渲染上元节的节日气氛。发端一韵扣住早春的季节特征，表现了自然界冬去春来节序的更替，描绘了天长昼永、花开草绿、和风送暖的新春气象，也使整首词笼罩在明媚和煦的氛围中。“变韶景”一韵紧承前面的内容，点出了恰逢“元宵三五”，春意盎然的京城皓月当空，皎洁生辉。“连云”二韵视点渐由天空移向地上，着力从宏观上描绘了京城的建筑。这些都是写实的笔墨，优美而有气势，但若无下面一句，就显得过于坐实，与元夕溢彩流光、迷离惝恍的夜景不相和谐。“嘉气瑞烟葱蒨”一句，将“连云”的“复道”、凌空的“飞观”、壮丽高峻的“皇居”都笼罩在一片祥云瑞雾中，这不仅给实实在在的建筑物平添了几分朦胧缥缈的美感，更突出了一种吉庆祥和的气氛。至此，词的上阕终于在层层的渲染后托出了最后的两句“翠华宵幸，是处层城阆苑”——天子驾临，与民同乐。

词的下阕主要描写皇帝驾临后，元夕灯会的热闹场面。龙凤烛发出的光亮和天空的星光、月光交相辉映，高耸的鳌山旁，舞者手执羽扇，翩翩起舞，两籍乐府及梨园子弟与观灯的百姓一起狂欢，人声鼎沸，箫鼓喧天。直到天已破晓，人们都还没有散去。街道上人挤得满满的，人们都向天子高呼万岁，希望年年见到皇帝的仪仗，目睹天子的风采。

金菊对芙蓉·上元

【清】纳兰性德

金鸭[1]消香，银虬泻水，谁家夜笛飞声。正上林雪霁，鸳甃晶莹[2]。鱼龙舞罢香车杳，剩尊前、袖掩吴绫。狂游似梦，而今空记，密约烧灯[3]。

追念往事难凭。叹火树星桥，回首飘零。但九逵烟月，依旧笼明[4]。楚天一带惊烽火，问今宵、可照江城。小窗残酒，阑珊灯灺[5]，别自关情。

【注　释】

①金鸭：铸为鸭形之铜香炉。古人多用以薰香或取暖，此处指薰香。

②上林雪霁：上林，上林苑，秦、汉时长安、洛阳等地之皇家宫苑，后泛指帝王之宫苑园囿。雪霁雪止而初晴。甃（zhòu）：砖砌的井壁。

③烧灯：即燃灯。古诗词中专指元宵之夜的灯火。

④九逵（kuí）烟月：谓京城之通衢大道上，烟云缭绕，月色朦胧。九逵，京城之大道。笼明，指月色微明。

⑤阑珊灯灺（xiè）：指灯火将尽，烛光微弱。灺，同“烬”，烧残的灯灰。

译　文

金鸭型的香炉飘香，计时用的银虬在不停地倾泻着流水（意即时间流逝），今夜是谁家的笛声飞泻而出？帝王之宫苑园囿中雪止而初晴，用鸳瓦砌成的井壁晶莹冰冷。鱼龙杂戏演出完毕后你（所思之人）所乘之车远去，只剩下樽前袖子掩住了（拭泪的）吴绫。看似痴狂的游玩如梦幻一般，而现在只记得与你秘密相约在元宵之夜的灯火下。

追忆怀念往事又苦于无所凭借。空是慨叹元宵日的灯事之景，回首自己内心只是飘零，情无所托。京城之通衢大道上，烟云缭绕，月色朦胧，灯笼所发出的光依旧明亮。而江南一带正有战事，而今晚那样的月色可否照在江城？小窗下酒将酌尽，灯火将尽，烛光微弱，这样的情景，（那样的往事）总是让人动情。

赏析

“金菊对芙蓉”这个词牌华美而清妍。题副是“上元”，由词题看是咏节序。此类诗词是比较难写的，南宋的张炎曾慨叹：“昔人咏节序，不唯不多，付之歌喉者，类是率俗。”后有刘永济在《词论》中言：“咏节序风物之作‘贵能直写我目、我心此时、此际所得。’”容若这篇则是以咏节为蓄，实乃怀人之想，寓景于情，清朗自然，婉转流深，情深意切。

上元佳节，本是团圆欢聚的日子，这更让敏感多情的容若黯然神伤。容若思念着见阳，那个可以互诉衷肠把酒言欢的兄长知己，正身处战火纷飞之中。战地太过凶险，随时将有性命之忧，所以，他那细腻盛烈的心意中的深深牵念如何做得到独善其身呢？纵使再多书信，再多诗词，亦消融不了那一刻他心头凝结的悲凉愁绪。那，便是感人千古的义重如山啊。

第三篇 寒食节

寒食

【唐】韩翃

春城[1]无处不飞花，寒食东风御柳斜。
日暮汉宫[2]传蜡烛[3]，轻烟散入五侯[4]家。

【注释】

①春城：暮春时的长安城。
②汉宫：这里指唐朝皇宫。
③传蜡烛：寒食节普天下禁火，但权贵宠臣可得到皇帝恩赐的燃烛。
④五侯：汉成帝时封王皇后的五个兄弟王谭、王商、王立、王根、王逢时皆为侯，受到特别的恩宠。这里泛指天子近幸之臣。

作者名片

韩翃，字君平，南阳（今河南南阳）人，唐代诗人，是“大历十才子”之一。天宝十三年（754年）考中进士，宝应年间在淄青节度使侯希逸幕府中任从事，后随侯希逸回朝，闲居长安十年。建中年间，因作《寒食》诗被唐德宗所赏识，因而被提拔为中书舍人。韩翃诗笔法轻巧，写景别致，在当时传诵很广。

译文

暮春长安城处处柳絮飞舞、落红无数，寒食节东风吹拂着皇城中的柳树。傍晚汉宫传送蜡烛赏赐王侯近臣，袅袅的轻烟飘散到天子宠臣的家中。

赏析

这是一首讽刺诗，但诗人的笔法巧妙含蓄。从表面上看，似乎只是描绘了一幅寒食节长安城内富于浓郁情味的风俗画。实际上，透过字里行间可感受到作者怀着强烈的不满，对当时权势显赫、作威作福的天子近臣进行了深刻的讽刺。中唐以后，几任昏君都宠幸近臣，以致他们的权势很大，败坏朝政，排斥朝官，正直人士对此都极为愤慨。本诗正是因此而发。

寒　食

【唐】沈佺期

普天皆灭焰，匝地①尽藏烟。
不知何处火，来就客心然。

【注　释】

①匝地：遍地，满地。

作者名片

沈佺期（约656—约715），字云卿，相州内黄（今安阳市内黄县）人，祖籍吴兴（今浙江湖州），唐代诗人。与宋之问齐名，称“沈宋”。善属文，尤长七言之作。擢进士第。长安中，累迁通事舍人，预修《三教珠英》，转考功郎给事中。坐交张易之，流驩州。稍迁台州录事参军。神龙中，召见，拜起居郎，修文馆直学士，历中书舍人，太子少詹事。开元初卒。

译　文

天下家家熄灭火焰，整个大地都已不见炊烟。
不知道哪里的火，能够温暖我这凄凉的游子之心。

赏析

在此诗中，沈佺期运用早期宫廷诗的“封闭式”结尾，并能利用这种巧妙的结尾表现个人情绪。

寒食节本来意味着快乐和团聚，但对于游子来说，却只能突出他的孤独。“然”不仅隐喻他的忧愁，并且与外部世界形成悬殊对照，这种不一致与他的处境是相对应的。但沈佺期也能够运用较时兴的结尾，以暗示和描写结束诗篇。

寒 食

【唐】孟云卿

二月①江南花满枝，他乡寒食远堪悲。
贫居往往无烟火，不独明朝为子推②。

【注 释】

①二月：寒食在冬至后一百零五天，若冬至在十一月上旬，或是冬至到来年二月间有闰月，则寒食就在二月。

②子推：介子推，春秋时人。他曾随晋公子重耳逃亡在外十九年。后重耳回国，做了国君（即晋文公），赏赐功臣，竟忘了他。介子推即与其母隐居绵山（今山西省介休市）。文公遍寻他不见，便焚山求索，结果被烧死。后人为纪念他，于寒食节日不举烟火。

作者名片

孟云卿（725—781），字升之，山东平昌（今山东商河西北）人，唐朝诗人。天宝年间赴长安应试未第，30 岁后始举进士。肃宗时为校书郎。存诗 17 首。其诗以朴实无华语言反映社会现实，为杜甫、元结所推重。孟云卿与杜甫友谊笃厚。乾元元年（758 年）夏，杜甫出任华州司公参军，行前夜饮话别，并以诗相赠，即《酬孟云卿》。同年冬，他们在洛阳相遇，同到刘颢家中畅饮。杜甫又写了《冬末以事之东郊，城湖东遇孟云卿，复归刘颢宅宿，饮宴散因为醉歌》一诗，记叙此次邂逅彼此喜悲交集的情景，表达了诗友间的诚挚感情。

译文

二月的江南花开满枝头，在他乡过寒食节足够悲哀了。贫困的生活平常也是不生火做饭的，不仅仅是明天才吃子推这样的冷食。

赏析

“二月江南花满枝，他乡寒食远堪悲”，诗的首句描写物候，兼点时令。一个“满”字传达出江南之春给人繁花竞丽的感觉。这样触景生情，颇觉自然。与这种良辰美景相匹配的应该是赏心乐事，第二句却出人意外地写出了“堪悲”。作者是关西人，远游江南，独在他乡，身为异客；寒食佳节，倍思亲人，不由悲从中来。加之这里的“寒食”，还暗含少食、无食的意味，一语双关，因此他乡“寒食”也就更可悲了。

“贫居往往无烟火，不独明朝为子推”。贫困的生活平常也是不生火做饭的，不仅仅是明天才吃子推这样的冷食。此诗借咏“寒食”写寒士的辛酸，却并不在“贫”字上大做文章。此诗虽写一种悲痛的现实，语气却幽默诙谐。其三、四两句似乎是作者自嘲：世人都在为明朝寒食准备熄火，以纪念先贤；可像我这样清贫的寒士，天天过着“寒食”生涯，反倒不必格外费心呢。这种幽默诙谐，是一种苦笑，似轻描淡写，却涉笔成趣，传达出一种攫住人心的悲哀。

寒食野望吟

【唐】白居易

乌啼鹊噪昏乔木，清明寒食谁家哭。
风吹旷野纸钱飞，古墓垒垒①春草绿。
棠梨花映白杨树，尽是死生别离处。
冥冥②重泉哭不闻，萧萧③暮雨人归去。

【注 释】

①垒垒：众多的，重重叠叠的。
②冥冥：昏晦的样子。
③萧萧：象声词，指雨声。

作者名片

白居易（772—846），字乐天，号香山居士，又号醉吟先生，祖籍太原，到其曾祖父时迁居下邽，生于河南新郑。白居易是唐代伟大的现实主义诗人，唐代三大诗人之一。白居易与元稹共同倡导新乐府运动，世称“元白”，与刘禹锡并称“刘白”。白居易的诗歌题材广泛，形式多样，语言平易通俗，有“诗魔”和“诗王”之称。有《白氏长庆集》传世，代表诗作有《长恨歌》《卖炭翁》《琵琶行》等。

译 文

乌鹊啼叫发出聒噪的声音，在昏暗的高大树木下，是哪家在清明寒食的节日里哭泣？风吹动空旷野外中的纸钱，纸钱飞舞，陈旧的坟墓重重叠叠，上面已经长满了绿草。棠梨花掩映着白杨树，这都是生死离别的地方啊。亡者在昏晦的黄泉中听不到我们的哭声，来祭奠的人在傍晚潇潇的雨声里回去了。

赏析

清明扫墓之风在唐代十分盛行，人们会在寒食节到清明节这几天，祭扫坟茔，慎终追远。其实清明节与寒食节原本是两个不同的节日，扫墓原是寒食节的内容，因为两节相连，渐渐的扫墓改在清明节进行。本诗就描写了寒食扫墓的情形。诗人笔下的清明，旷野苍茫，古墓累累，凄风劲吹，纸钱纷飞，说尽了生死离别。黄土之上，人在哭泣，九泉之下的亲人却寂静无声。道尽生离死别的苦痛。

寒食城东即事

【唐】王维

清溪一道穿桃李，演漾绿蒲涵白芷[①]。
溪上人家凡几家，落花半落东流水。
蹴鞠屡过飞鸟上，秋千竞出垂杨里。
少年分日[②]作遨游，不用清明兼上巳。

【注　释】

①演漾：荡漾。涵：沉浸。白芷：一种可入药的香草。
②分日：安排好日期，计划好如何玩。一说犹逐日，意为一天天、每天。又说指春分之日。

作者名片

王维（701—761，一说699—761），字摩诘，号摩诘居士，河东蒲州（今山西运城）人，祖籍山西祁县，唐朝诗人。世称“王右丞”。王维参禅悟理，学庄信道，精通诗、书、画、音乐等，以诗名盛于开元、天宝间，尤长五言，多咏山水田园，与孟浩然合称“王孟”，有“诗佛”之称。

书画特臻其妙，后人推其为南宗山水画之祖。著有《王右丞集》《画学秘诀》，存诗约400首。

译 文

一条清澈溪流穿过桃李花林，水波荡漾着绿蒲滋润着白芷。
溪流旁边总共只有几户人家，落花多半都漂流在东流水里。
踢出的皮球屡屡高出飞鸟上，荡起的秋千争相飞出绿杨林。
年轻人分开日子每天来游玩，全不需要等候到清明和上巳。

赏析

此诗开头两句，写一道清澈的溪流，穿过桃李花丛；而溪水边荡漾的水草和被水滋润的白芷，安逸而柔静。古代习俗，三月上巳桃花水下时，王公以下，携眷聚于水畔洗濯，驱除不祥。这里表现的就是这个习俗，展现的是春天的力量。

三、四两句，写溪流边的几户人家，落在流水里的桃李花，又是柔美宁静的意象，表现出浓厚的早春气息，有很强的画面感。

五、六两句又转换为力量和青春的意象。这两句在前四句写清溪桃李的背景上又添几笔不时飞上高空的秋千与皮球，使整幅画面更加充溢着清新灵动的青春活力。尤其是“过”“出”二字用得好，分别写出了少年男女游玩时的热烈气氛，使人感受到年轻人沉湎于游乐中的景象，透露出无限的羡慕之情。

最后两句意谓青春年少的人，应该每天都有开心游玩的心态，无忧无虑，不用等到清明和上巳两个节日才出去游玩，含有及时行乐的意味。

寒食夜

【唐】韩偓

恻恻轻寒翦翦风[1]，小梅飘雪杏花红[2]。
夜深斜搭[3]秋千索，楼阁朦胧烟雨中。

【注　释】

①恻恻（cè）：凄恻。翦翦（jiǎn）：指春风尖利，刺入肌肤，正是乍暖还寒的时节。
②“小梅飘雪杏花红”句：仲春之际，梅花已谢，纷纷飘落，而桃杏花却刚刚盛开。一作“杏花飘雪小桃红”。
③斜搭：指秋千索斜挂在木架上。

作者名片

韩偓（842—923），乳名冬郎，字致光，号致尧，晚年又号玉山樵人，陕西万年县（今樊川）人，唐代诗人。自幼聪明好学，10岁时，曾即席赋诗送其姨夫李商隐，令满座皆惊，李商隐称赞其诗是“雏凤清于老凤声”。龙纪元年（889年），韩偓中进士，初在河中镇节度使幕府任职，后入朝历任左拾遗、左谏议大夫、度支副使、翰林学士。

译　文

切肤的轻寒刺面的风，梅花如飘雪，杏花正红。夜深里，斜搭上的秋千索静静地悬着，烟雨朦胧之中，隐约可见那座楼阁。

赏析

“恻恻轻寒翦翦风”，首句从寒食节的气候写起。这句正点寒食节“乍暖还寒”的特点，借轻寒的微风，渲染一种凄迷黯淡，但又并不十分沉重的气氛。“恻恻”“翦翦”两个叠字，表示声音轻细微，符合描写对象的特点。

“小梅飘雪杏花红”，次句仍点时令，但转而从花的开落角度写。梅花已经开过，正飘散着雪白的花瓣，杏花却开得正鲜艳。这句色彩的对比鲜明，画出寒食节明丽的春光，与上句的色调恰成对照。

正因为前两句在写景中已经暗暗渗透怀人的感情，因此第三句便直接联想起与这段情缘有关的情事。“夜深斜搭秋千索”，表面上看，似乎这只是写诗人夜间看到附近园子里有一座秋千架，秋千索斜斜地搭在架上。实际上诗人的这段情缘即与寒食节荡秋千的习俗有关。诗人与他所恋的情人，正是在寒食节的秋千架旁结下一段情缘。因此，夜间瞥见秋千架的暗影，便情不自禁地想到当年的情事。

往事如烟，现在对方“阔别三千里”，踪迹杳然，不可复寻。在怀旧的怅惘中，诗人透过朦胧的夜色向秋千架的方向望去，只见楼阁的暗影正隐现在一片烟雨迷蒙之中。这景色，将诗人思而不见的空虚怅惘和黯然伤魂，进一步烘托出来。

小寒食[1]舟中作

【唐】杜甫

佳辰强饮食犹寒[2]，隐几萧条戴鹖冠[3]。
春水船如天上坐，老年花似雾中看。
娟娟戏蝶过闲幔，片片轻鸥下急湍。
云白山青万余里，愁看直北[4]是长安。

【注 释】

①小寒食：寒食节的次日，清明节的前一天。因禁火，所以冷食。
②佳辰：指小寒食节。强饮：勉强吃一点饭。
③隐：倚、靠。隐几，即席地而坐，靠着小桌几。“几”在这里指乌皮几（以乌羔皮蒙几上），是杜甫心爱的一张小桌几，一直带在身边。鹖（hé），雉类，据说是一种好斗的鸟，见于《山海经》。这里“鹖”通“褐”，指颜色。
④直北：正北。

作者名片

杜甫（712—770），字子美，自号少陵野老，唐代伟大的现实主义诗人，与李白合称“李杜”。出生于河南巩义市，原籍湖北襄阳。杜甫创作了《登高》《春望》《北征》以及“三吏”“三别”等名作。虽然杜甫是一个现实主义诗人，但他也有狂放不羁的一面，从其名作《饮中八仙歌》不难看出杜甫的豪气干云。杜甫虽然在世时名声并不显赫，但后来声名远播，对中国文学和日本文学都产生了深远的影响。杜甫共有约1500首诗歌被保留了下来，大多集于《杜工部集》。杜甫在中国古典诗歌中的影响非常深远，被后人称为“诗圣”，他的诗被称为“诗史”。后世称其杜拾遗、杜工部，也称他杜少陵、杜草堂。

译 文

小寒时节，勉强吃一点饭，靠着乌几，席地而坐，乌几已经破旧，缝了很多遍了，头上戴着褐色的帽子。春来水涨，江河浩漫，所以在舟中漂荡起伏犹如坐在天上云间。身体衰迈，老眼昏花，看岸边的花草犹如隔着一层薄雾。见蝶鸥往来自由，各得其所。站在潭州向北直看长安，像是在望天上的白云，有一万多里，蓦然生愁。

赏析

这首诗是杜甫在去世前半年多，即大历五年（770）春停留潭州（今湖南长沙）的时候所写，表现他暮年落泊江湖而依然深切关怀唐王朝安危的思想感情。

从寒食到清明三日禁火，所以首句说“佳辰强饮食犹寒”，逢到节日佳辰，诗人虽在老病之中还是打起精神来饮酒。“强饮”不仅说多病之身不耐酒力，也透露着漂泊中勉强过节的心情。第二句刻画舟中诗人的孤寂形象。穷愁潦倒，身不在官位而依然忧心时势，思念朝廷，这是无能为力的杜甫最为伤情之处。首联中“强饮”与“鹖冠”正概括了作者此时的身世遭遇，也包蕴着一生的无穷辛酸。

第二联紧接首联，十分传神地写出了诗人舟中的所见所感，是历来为人传诵的名句。“天上坐”“雾中看”非常切合年迈多病舟居观景的实际，给读者的感觉十分真切；而在真切中又渗出一层空灵漫渺，把作者起伏的心潮也带了出来。笔触细腻含蓄，表现了诗人忧思之深以及观察力与表现力的精湛。

第三联两句写舟中江上的景物。第一句“娟娟戏蝶”是舟中近景，所以说“过闲幔”。第二句“片片轻鸥”是舟外远景，所以说“下急湍”。这里表面上似乎与上下各联均无联系，其实不是这样。这两句承上，写由舟中外望空中水面之景。“闲幔”的“闲”字回应首联第二句的“萧条”，布幔闲卷，舟中寂寥，所以蝴蝶翩跹，穿空而过。正是这样蝶鸥往来自如的景色，才易于对比，引发出困居舟中的作者“直北”望长安的忧思，向尾联做了十分自然的过渡。

尾联两句总收全诗。云说“白”，山说“青”，正是寒食佳节春来江上的自然景色，“万余里”将作者的思绪随着层叠不断的青山白云引开去，为结句做铺垫。“愁看”

句收括全诗的思想感情，将深长的愁思凝聚在“直北是长安”上。其实这一句将舟中舟外，近处远处的观感，以至漂泊时期诗人对时局多难的忧伤感怀全部凝缩在内，而以一个“愁”字总结，既凝重地结束了全诗，又有无限的深情俱在言外。

一百五日①夜对月

【唐】杜甫

无家对寒食，有泪如金波②。
斫却月中桂③，清光应更多。
仳离④放红蕊，想像嚬青蛾⑤。
牛女漫愁思，秋期犹渡河。

【注　释】

①一百五日：即寒食日。
②金波：形容月光浮动，因亦指月光。
③斫（zhuó）却：砍掉。一作“折尽”。
④仳（pǐ）离：别离。旧指妇女被遗弃而离去。
⑤想像：意思是想念故人的样子。嚬（pín）：同“颦”，皱眉，蹙眉，使动用法，使……蹙眉的意思。青蛾：旧时女子用青黛画的眉。

译　文

没有家人一起过这寒食节，此时的眼泪也像金波一样涌动不止。如果砍去了月中的桂树，月亮的光辉会更加清澈皎洁吧！月亮偏在离别时散播光泽，想必思念故人会使得妻子为之蹙眉吧。牛郎织女愁思漫漫，每年秋天七夕尚能团聚，而我何时才能与家人团聚？

赏析

此诗作于诗人困居长安时期，抒发了夫妻二人分隔两地的离情，同时也透露了天下乱离才会造成家人分离的社会现实。全诗通过神话故事和浪漫想象，运用巧点题、偷春格等艺术表现手法，表达自己在寒食之夜思念亲人的悲伤之情，诗中神话的运用既展现了诗人的精神世界，又极具浪漫主义色彩，独具特色，堪称兼具了思想情感真实博大和艺术手法圆融贯通的佳作。

襄阳寒食寄宇文籍[1]

【唐】窦巩

烟水初销见[2]万家，
东风吹柳万条斜。
大堤欲上谁相伴，
马踏春泥半是花。

【注　释】

①宇文籍：从诗的内容看，应是作者的一位友人。
②见：现，显露。

作者名片

窦巩（约 762—821），字友封，京兆金城人，窦庠之弟。生卒年均不详，约自唐肃宗宝应元年至穆宗长庆元年间在世，年六十岁。状貌魁伟。少博览，无所不通。性宏放，好谈古今。巩所著诗，见《窦氏联珠集》。

译文

水面上薄烟散去，远远望见岸边许多户人家，在这美丽的春天，却没有人陪伴我，只有我一人在河堤上独自纵马游览，马蹄踏着路上的泥里有一半裹着花瓣。

赏析

此诗描绘了襄阳城的美景，表达了对友人的思念之情。襄阳城四周环水，春来烟水朦胧，当艳阳高照，轻雾才退去，方现出参差人家。一个“见”字，十分生动。“东风吹柳”“马踏春泥”，用词非常传神。如此美景却只能独自消受，对友人的思念尽在其中。

寒食诗

【唐】云表

寒食时看郭外春[1]，野人无处不伤神[2]。
平原累累添新冢[3]，半是去年来哭人。

【注 释】

①郭外春：城外的春光美景。郭指外城。
②野人：田野中扫墓的人。伤神：心神忧伤。
③累累：众多、重叠、联贯成串貌。冢：坟墓。

作者名片

云表，唐末诗僧。僖宗时于南昌讲《法华慈恩大疏》，听者甚众。晋陵僧可周从其学。又曾游江陵楚王城，齐己有诗赠之。事迹散见《宋高僧传》卷七、《白莲集》卷六。《全唐诗》存诗1首。

译 文

清明前夕，春光如画，田野上到处都是心神忧伤的扫墓人。仔细望去，平原之上又新增了众多新坟，这些新坟的主人一定有一半都是去年的扫墓人吧。

赏析

这首诗出自《全唐诗》，是作者唯一的一首诗。云表的这首七绝描绘了一幅城郊墓地的情景。作者从佛家的生死轮回和避世思想出发，指出今年躺在新坟中的便有很多是去年扫墓的人，言外之意是今年来祭扫墓的人也必定有不少明年将被埋入坟墓。这种消极颓废的思想不可取，然而也客观地道出了人生代谢的自然规律，而此诗也写得流畅，准确生动，具有一定的艺术感染力。

寒食寄京师诸弟

【唐】韦应物

雨中禁火空斋①冷，江上流莺②独坐听。
把酒③看花想诸弟，杜陵④寒食草青青。

【注　释】

①空斋：空荡的书斋。
②流莺：鸣声婉转的黄莺。
③把酒：手执酒杯，谓饮酒。
④杜陵：位于西安南郊杜陵塬上，内有帝陵、王皇后陵及其他陪葬陵墓。

作者名片

韦应物（737—792），字义博，京兆杜陵（今陕西省西安市）人。唐朝时期大臣、藏书家，右丞相韦待价曾孙，宣州司法参军韦銮第三子。世称“韦苏州”“韦左司”“韦江州”。个人作品600余篇。今传《韦江州集》10卷、《韦苏州诗集》2卷、《韦苏州集》10卷。散文仅存1篇，以善于写景和描写隐逸生活著称。

译　文

雨中的寒食节更显得寒冷，我独自坐听江上黄莺的鸣叫。端着酒杯赏花时又想起了杜陵家几个弟弟，寒食时，杜陵这一带已是野草青青了。

赏析

就章法而言，这首诗看似平铺直叙，顺笔写来，而针线极其绵密。诗的首句从近处着笔，实写客中寒食的景色；末句从远方落想，遥念故园寒食的景色。这一起一收，首尾呼应，紧扣诗题。中间两句，一句暗示独坐异乡，一句明写想念诸弟，上下绾合，承接自然。两句中，一个“独”字、一个“想”字，对全篇有穿针引线的妙用。第二句的“独”字，既是上句“空”字的延伸，又是下句“想”字的伏笔；而第三句的“想”字，既由上句“独”字生发，又统辖下句，直贯到篇末，说明杜陵青草之思是由人及物，由想诸弟而联想及之。从整首诗看，它是句句相承，暗中勾连，一气流转，浑然成章的。

当然，宾虽然不能无主，而主也不能无宾。这首诗的第三句又有赖于上两句和下一句的烘托。这首诗的一、二两句，看来不过如实写出身边景、眼前事，但也含有许多层次和曲折。第一句所写景象，寒食禁火，万户无烟，本来已经够萧索的了，更逢阴雨，又在空斋，再加气候与心情的双重清冷，这样一层加一层地写足了环境气氛。第二句同样有多层意思，“江上”是一层，“流莺”是一层，“坐听”是一层，而“独坐”又是一层。这句本是随换句而换景，既对春江，又听流莺，一变上句所写的萧索景象，但在本句中却用一个“独”字又折转回来，在多层次中更显示了曲折。两句合起来，对第三句中表达的“想诸弟”之情起了层层烘染、反复衬托的作用。至于紧接在第三句后的结尾一句，把诗笔宕开，寄想象于故园的寒食景色，就更收烘托之妙，进一步托出了“想诸弟”之情，使人更感到情深意远。

寒食还陆浑别业

【唐】宋之问

洛阳城里花如雪，陆浑①山中今始发。
旦别河桥杨柳②风，夕卧伊川桃李月。
伊川③桃李正芳新，寒食山中酒复春④。
野老不知尧舜力，酣歌一曲太平人。

【注 释】

①陆浑：地名，在今河南嵩县。别业：即别墅。
②杨柳：柳与留谐音，古人有折柳送别之俗。清明亦有插柳、戴柳之俗。
③伊川：水名。即“伊河”。洛河支流，在河南西部。
④酒复春：唐人名酒多用春字，如竹叶春、松醪春、烧春等。

作者名片

宋之问（约656—约712），字延清，名少连，汉族，汾州（今山西汾阳市）人，初唐时期的诗人，与沈佺期并称“沈宋”。与陈子昂、卢藏用、司马承祯、王适、毕构、李白、孟浩然、王维、贺知章称为仙宗十友。诗多歌功颂德之作，文辞华丽，自然流畅，对律诗定型颇有影响。原集已佚，有辑本《宋之问集》二卷。

译 文

洛阳城里，花儿已经开得如雪一般铺天盖地，而陆浑山中的花儿，如今才开始发芽。早上刚刚辞别了河桥那掠过杨柳吹来的风儿，晚上又卧在这伊川桃李间的月色中。伊川的桃李正是芬芳而新鲜的时候。在寒食节里，山中的酒也是香气宜人的。山野间的老人安居乐业，快活地唱上一曲，唱一唱这身在太平盛世中的人。

赏析

开篇二句紧扣题目，谓值此寒食清明节候，洛阳城中已是繁花飘荡、缤纷如雪，而陆浑山中则花始绽放。其意并不在说明城中与山中气候景物之异，而是表现诗人追随春天的脚步，从城里转向山中寻觅春光的浓厚兴趣，和对春天由洛阳转至山中这一发现的诗意感受。

三、四两句紧扣题内“还”字，写自己清晨从洛阳出发，晚上已在陆浑别业。这点意思如果直白道出，则根本不能称其为诗。诗人不说“早发洛阳”“夕至陆浑”，而说“旦别河桥”“夕卧伊川”，这一“别”一“卧”，不仅表达了对洛阳春光的留恋，而且透出了卧赏山庄春夜美景的惬意与喜悦。

第五句用顶针格，重复上句“伊川桃李”，以突出陆浑山中春色正浓，蝉联中有流走之势。第六句点明“寒食”节令，应上“桃李正芳新”，并渲染春酒又正新熟。不但春色迷人，而且春酒醉人，花香之外更兼酒香。一“正”一“复”，相互勾连呼应，传达出一种顾盼神飞的神情意态。

七、八两句，以陆浑山中风物之美、生活之惬作收。这个结尾，不无歌咏升平的意味。但话说得很艺术，很富诗情，并不是硬贴上去的颂圣尾巴，与全诗的内容风格也比较统一。武后统治时期，统治集团内部尽管矛盾斗争不断，但社会安定，经济繁荣，诗人所歌咏的“太平”，并非纯粹的粉饰之词。

途中寒食题黄梅临江驿寄崔融

【唐】宋之问

马上逢寒食，愁中属暮春。
可怜江浦望，不见洛阳人。
北极怀①明主，南溟作逐臣。
故园②肠断处，日夜③柳条新④。

【注　释】

①怀：惦念。
②故园：家园。
③日夜：日日夜夜。
④柳条新：新的柳条。

译　文

在路途的马上度过晚春的寒食节。可惜在江边的码头上望，却看不见来自洛阳灞桥的离人。虽然被贬为下臣放逐到南方，心中还是惦念着北方的英明的君王。故乡家园，令人伤心断肠的地方，经历了日日夜夜之后，新的柳条又长出来了！

赏析

这是一首唐代诗人宋之问的五言律诗，是诗人被贬到泷洲后，次年春秘密逃还洛阳探知友人所作的诗。

前两句写寒食景象，为下面的抒情做铺垫。后两句直接抒情，抒发失去家园之痛。

在路途中，正逢寒食节，在阳春三月，作者借用途中遇到的景物抒发对故国的怀念之情，对君主的惦念。

壬辰寒食

【宋】王安石

客思似杨柳，春风千万条[①]。
更倾寒食泪，欲涨冶城[②]潮。
巾发雪争出，镜颜朱早凋。
未知轩冕[③]乐，但欲老渔樵[④]。

【注　释】

①客思：他乡之思。思：思绪，心事。
②冶城：《太平寰宇记》载，江南东道升州土元县：古冶城在今县四五里；本吴铸冶之地，因以为名，故址在今南京市朝天宫附近。
③轩冕：古代公卿大夫的车服用以指代官位爵禄。
④老：终老。渔樵：渔人和樵夫，指代隐逸生活。

译　文

身居他乡的乡思像杨柳一样，被春风一吹就有千万条思绪。尤其是到了清明的寒食节，自己的眼泪就更多了，流的泪就快要淹没冶城了。自己的白头发像是要挣脱出头巾的束缚，镜子中自己的面容也已经显得苍老。不想知道官位的快乐，只求自己能够在青山绿水做一个打鱼和砍柴的农民。

赏析

王安石回江宁为父亲和长兄王安仁扫墓，不觉悲思万缕，泪若江潮，白发先出，朱颜早凋，因而发出了轩冕不足乐、终欲老渔樵的感慨。大概是从父兄虽然学问卓越、志节高尚，却穷老仕途、英年早逝的惨淡经历受到触动，引发了他潜藏于心中的归老田园、渔樵为生的意愿。然而他也只能借诗抒怀，不能付诸实际。

此诗一方面表达了作者在扫墓时对父亲的沉痛哀悼之情，另一方面也对自己推行新法时的艰难处境做了一番慨叹。

寒　食

【宋】赵鼎

寂寂柴门村落里，也教插柳记年华。
禁烟不到粤人国，上冢亦携庞老家①。
汉寝唐陵无麦饭，山溪野径有梨花。
一樽径籍青苔卧，莫管城头奏暮笳。

【注　释】

①庞老家：指庞德公一家。此泛指一般平民百姓全家上坟事。

作者名片

赵鼎（1085—1147），南宋政治家、词人。字元镇，自号得全居士。南宋解州闻喜（今属山西）人。宋高宗时的宰相。有《忠正德文集》10 卷，清道光刊本。《四印斋所刻词》有《得全居士词》一卷，存词 45 首。

译文

即使在冷冷清清开着几扇柴门的村落里，也还是要插几根杨柳枝条，标志出每年的节令。寒食的传统虽然没有传到遥远的广东，但清明上坟祭奠祖先的礼仪还是和中原一样。时至今日，汉唐两代的王陵巨冢，已经没有人前去祭祀；而山边溪间的小路上仍生长着许多梨花。世代更替，非人力所能左右，不如喝上他一杯醉卧在青苔上，莫管关城门的号角声是否响起来。

赏析

此诗虽题为《寒食》，但写的是从寒食到清明。前两联写的是当时民间风俗。南宋时潮州民间在寒食节也有插柳的习俗，即使偏僻村落也不例外，只是没有禁烟寒食，而清明节却像东汉末襄阳隐士庞德公一样携带女儿上山扫墓(即“上冢”)。

后两联在记事中寄寓抒情。颈联写所见：汉唐帝王的陵墓连粗粝的麦饭也没有人祭拜，而山溪野径之间开满梨花。尾联写所感所闻：我还是开怀畅饮吧，醉后卧倒在青苔之上，不必去管城头上傍晚吹起的军号。

通过清明郊游，作者悟得了不少哲理：权贵、富贵不过是短暂的、无常的，而人间确实永恒的、常新的。我还是得醉且醉吧，天下世事我不能管，也不必去管。这种心态看似消极，但却是作者当时处于贬谪逆境中的苦闷、痛楚心情的反映。

木兰花·乙卯吴兴寒食[1]

【宋】张先

龙头舴艋吴儿竞[2]，笋柱秋千游女并[3]。芳洲拾翠[4]暮忘归，秀野踏青来不定[5]。

行云[6]去后遥山暝，已放笙歌池院静。中庭月色正清明，无数杨花过无影。

【注　释】

①乙卯：指宋神宗熙宁八年（1075）。吴兴：即今浙江湖州市。
②舴艋（zé měng）：形状如蚱蜢似的小船。吴儿：吴地的青少年。竞：指赛龙舟。
③笋柱：竹竿做的柱子。并：并排。
④拾翠：古代春游。妇女们常采集百草，叫作拾翠。
⑤秀野：景色秀丽的郊野。踏青：寒食、清明时出游郊野。来不定：指往来不绝。
⑥行云：指如云的游女。

作者名片

张先（990—1078），字子野，乌程（今浙江湖州吴兴）人。北宋时期著名的词人，曾任安陆市的知县，因此人称“张安陆”。天圣八年进士，官至尚书都官郎中。晚年退居湖杭之间。曾与梅尧臣、欧阳修、苏轼等游。善作慢词，与柳永齐名，造语工巧，曾因三处善用“影”字，世称张三影。

译　文

吴地的青少年在江上赛着小龙船，游春少女们成对地荡秋千。有的在水边采集花草天晚依旧流连。秀美郊野上踏青的人络绎不绝。

游女们走了远山逐渐昏暗，音乐停下庭院显得寂静一片。满院子里月光清朗朗的，只有无数的柳絮飘过得无影也无羁绊。

赏析

这是一首富有生活情趣的游春与赏月的词。上阕通过一组春游嬉戏的镜头，生动地反映出古代寒食佳节的热闹场面。

下阕以工巧的画笔，描绘出春天月夜的幽雅、恬静的景色。词里表现作者喜爱白天游春的热闹场面，是一种情趣；欣赏夜深人散后的幽静景色，又是一种情趣。成功地表现出一个有闲情逸致的耄耋老人所独有的心理状态。

念奴娇·春情

【宋】李清照

萧条庭院，又斜风细雨，重门须闭。宠柳娇花寒食近，种种恼人天气。险韵诗[①]成，扶头酒[②]醒，别是闲滋味。征鸿[③]过尽，万千心事难寄。

楼上几日春寒，帘垂四面，玉阑干慵倚[④]。被冷香消新梦觉，不许愁人不起。清露晨流，新桐初引，多少游春意。日高烟敛[⑤]，更看今日晴未。

【注　释】

①险韵诗：以生僻而又难押之字为韵脚的诗。人觉其险峻而又能化艰僻为平妥，并无凑韵之弊。

②扶头酒：易醉之酒。
③征鸿：远飞的大雁。
④玉阑干：栏杆的美称。慵：懒。
⑤烟敛：烟收、烟散的意思。烟，这里指像烟一样弥漫在空中的云气。

作者名片

李清照（1084—1155），号易安居士，齐州济南（今山东省济南市章丘区）人。宋代女词人，婉约词派代表，有“千古第一才女”之称。所作词，前期多写其悠闲生活，后期多悲叹身世，情调感伤。形式上善用白描手法，自辟途径，语言清丽。论词强调协律，崇尚典雅，提出词“别是一家”之说，反对以作诗文之法作词。能诗，留存不多，部分篇章感时咏史，情辞慷慨，与其词风不同。有《李易安集》《易安居士文集》《易安词》，已散佚。后人辑有《漱玉集》《漱玉词》。今有《李清照集》辑本。

译　文

萧条冷落的庭院中斜风细雨，层层院门紧紧关闭。春天的娇花即将开放，嫩柳也渐渐染绿，寒食节即将临近，又到了令人烦恼的时日。推敲险奇的韵律写成诗篇，从沉醉的酒意中清醒，无端愁绪重又袭上心头。远飞的大雁尽行飞过，可心中的千言万语却难以托寄。

连日来楼上春寒冷冽，帘幕低垂，栏杆我也懒得凭倚。锦被清冷，香火已消，我从短梦中醒来。这情景，使本来已经愁绪万千的我不能安卧。清晨的新露涓涓，新发出的桐叶一片湛绿，不知增添了多少游春的意绪。太阳已高，晨烟初放，再看看今天是否又是一个放晴的好天气。

〔赏析〕

此词为春闺独处怀人之作，上阕由春闲引发对远人的思念，下阕通过抒写春寒之日的凄清，反映作者百无聊赖的心情。这首词叙事条理清晰，层次井然，全篇融情入景，浑然天成，是一首别具一格的闺怨词。

开头三句写环境气候，景色萧条。柳、花而用“宠”“娇”修饰，隐有妒春之意。接着写作诗填词醉酒，但闲愁却无法排解，已有万般怨尤。一句“征鸿过尽，万千心事难寄”，道出词人闲愁的原因：自己思念远行的丈夫，“万千心事”却无法捎寄。下阕开头三句，写出词人懒倚栏杆的愁闷情志，又写出她独宿春闺的种种感觉。“不许愁人不起”，写出作者已失去支撑生活的乐趣。“清露”两句转写新春的可爱，因之产生游春心思。结尾两句最为佳妙：天已放晴，却担心是否真晴，那种心有余悸的感觉，表现得极为凄迷。

浣溪沙·淡荡春光寒食天

【宋】李清照

淡荡①春光寒食天，玉炉沉水②袅残烟。梦回山枕③隐花钿。

海燕未来人斗草④，江梅已过柳生绵。黄昏疏雨湿秋千。

【注　释】

①淡荡：和舒的样子。多用以形容春天的景物。
②沉水：沉香。
③山枕：两端隆起如山形的凹枕。
④斗草：一种竞采百草、比赛优胜的游戏。

译　文

寒食清明时节，万物复苏，荡漾着明媚的春光。玉炉中的沉香即将燃尽，飘出的缕缕残烟仍是清香醉人。午睡醒来，花钿已掉落在枕边床上。

海燕还未飞回，邻家儿女们玩起了斗草游戏。江梅已经过季，绵绵的柳絮随风荡漾。黄昏时分下起了稀稀疏疏的小雨，打湿了院中的秋千。

赏析

此词以白描手法写了熏香、花钿、斗草、秋草等典型的少女时代的事物，借以抒发作者爱春惜春的心情。这首词以物写人，以景写情，把春日少女的姿态和内心世界写得活灵活现，有“无我之境”的妙趣。全词都是景语，仔细体味又都是情语，没有雕饰斧凿痕迹，隽秀自然，清新淡雅，充分表现了作者高雅的情趣和高超的写作技巧。

寒食雨二首

【宋】苏轼

自我来黄州，已过三寒食。
年年欲惜春，春去不容惜。
今年又苦雨，两月秋萧瑟①。
卧闻海棠花，泥污胭脂雪②。
暗中偷负去，夜半真有力。
何殊病少年，病起头已白。

春江欲入户，雨势来不已③。
小屋如渔舟，濛濛④水云里。
空庖⑤煮寒菜，破灶烧湿苇。
那知是寒食，但见乌衔纸⑥。
君门深九重⑦，坟墓在万里⑧。
也拟哭途穷，死灰⑨吹不起。

【注释】

①“两月”句：言两月来雨多春寒，萧瑟如秋。
②胭脂雪：指海棠花瓣。
③不已：一作“未已”。
④濛濛（méng）：雨迷茫的样子。
⑤庖（páo）：厨房。寒菜：原特指冬季之菜，此系泛指。
⑥“那知”二句：是说见乌衔纸才知道今天是寒食节日。见，一作“感”。
⑦九重：指宫禁，极言其深远。
⑧“坟墓”句：谓诗人祖坟在四川眉山，距黄州有万里之遥，欲吊不能。
⑨死灰：指上面“乌衔纸”的纸钱灰。

译　文

自从我来到黄州，已度过三个寒食时节。年年爱惜春光想将它挽留，春天自管自归去不容人惋惜。今年又苦于连连阴雨，绵延两个月气候萧瑟一如秋季。独卧在床听得雨打海棠，胭脂样花瓣像雪片凋落污泥中。造物主把艳丽的海棠偷偷背去，夜半的雨真有神力。雨中海棠仿佛一位患病的少年，病愈时双鬓斑白已然老去。

春江暴涨仿佛要冲进门户，雨势凶猛袭来似乎没有穷已。我的小屋宛如一叶渔舟，笼罩在濛濛水云里。空空的厨房煮着一些寒菜，潮湿的芦苇燃在破灶底。哪还知道这一天竟然是寒食，却看见乌鸦衔来烧剩的纸币。天子的宫门有九重，深远难以归去，祖上的坟茔遥隔万里不能吊祭。我只想学阮籍作穷途痛哭，心头却似死灰并不想重新燃起。

赏析

在艺术特色上，《寒食雨二首》分别以入声韵与上声韵传达诗人苦闷的心境。通篇紧扣寒食节的主题。章法结构紧密，虚实相间。还以“空庖”“寒菜”“破灶”“湿苇”等空寒物象，凸显窘迫的物质生活；以“纸”“坟墓”“死灰”等死亡意象，渲染凄怆悲凉的基调，风格沉郁，显示出一种沉稳悲壮的人格力量。但是，作者即使在“春江欲入户”的艰苦环境中，仍不失那份天真的童心。大水都快淹进门了。他还在想象“小屋如渔舟，濛濛水云里”的那种乐趣。这正是东坡独特、可爱的地方。他很少作愁苦的呻吟，更不会无病呻吟，还时不时展现几分幽默感，如“空庖煮寒菜，破灶烧湿苇”“小屋如渔舟，濛濛水云里”，几乎已经从忍受苦难升华为诙谐欣赏苦难的态度了。

琐窗寒·寒食

【宋】周邦彦

暗柳啼鸦，单衣伫立，小帘朱户。桐花半亩，静锁一庭愁雨。洒空阶、夜阑未休，故人剪烛西窗语①。似楚江暝宿，风灯零乱，少年羁旅。

迟暮。嬉游处。正店舍无烟，禁城百五②。旗亭③唤酒，付与高阳俦侣④。想东园、桃李自春，小唇秀靥今在否。到归时、定有残英，待客携尊俎。

【注　释】

①剪烛西窗语：借李商隐《夜雨寄北》“何当共剪西窗烛，却话巴山夜雨时”语，抒发怀乡之情。
②百五：指寒食节。冬至后一百零五日为寒食。
③旗亭：指酒楼。
④高阳俦侣：西汉郦食其自称高阳酒徒。

译　文

柳荫深处传出乌鸦的啼鸣，我掀起小帘，站在朱门之内，身穿单衫凝神伫立。半亩大的庭院里开满了桐花，静静地笼罩着庭院，阴雨阵阵更使人愁思万端。雨滴洒落在空落落的台阶上，竟彻夜未停。何时故友相逢与我在西窗下剪烛、谈心？今夜的孤零恰如往昔夜宿楚江之畔，江风吹得灯火昏暗，说不尽少年羁旅的无限凄惨艰难。

如今我已年老，时有垂暮之感。春游嬉戏的地方，旅舍酒店烟火不举，正巧是全城禁火过寒食节。酒楼上呼唤美酒的兴致一扫而光，姑且把这段豪情都交付酒徒料理。回想起故乡园中的桃李，必是迎春怒放，那如同美人嘴唇酒窝般的花朵，不知今天是否还挂在树枝？待到我归乡之时，一定还会有残存的花儿，等待着我与宾客举杯痛饮，一洗烦恼。

赏析

这首词抒发的是词人的羁旅情怀。词作的上阕写暮春欲雨之时，由日转夜，从夜雨说到话雨，又从话雨想起昔年楚江暝宿时的旅况，羁旅情味，由外及内使人深思。下阕叙写寒食及节日思乡之情。寒食禁烟而饮酒，人到老年，回忆往事不胜感慨。

菩萨蛮·阑风伏雨催寒食

【清】纳兰性德

阑风伏雨①催寒食，樱桃一夜花狼藉。刚与病相宜，锁窗②薰绣衣③。

画眉烦女伴，央及流莺④唤。半晌试开奁，娇多直自嫌。

【注 释】

①阑风伏雨：指风雨不止。
②锁窗：雕刻有花纹图案的窗子。
③薰绣衣：用香料熏华丽的衣物，
④流莺：啼莺，以其啼鸣婉转，故云。

译 文

风吹不停，浓云阴沉，雨时断时续，寒食节马上要来临了。昨夜风将樱桃吹得凌乱不堪。雨天阴冷潮湿，我也小病刚好，是该用炉子烘烤衣物了。

我想去唤女伴麻烦她来替我画眉，但又懒得动身，多么希望黄莺给捎个信儿。迟疑半晌才打开梳妆盒，镜中的容貌虽然娇艳，但还是嫌自己不够美丽。

赏析

词的上阕写由狼藉满地的樱桃花牵惹出思妇的一腔春愁。由狼藉的樱桃花，她想到了自己美好的青春年华，这飘零的春花“刚与病相宜”，恰好同自己多愁多病的身体——多病而又寂寞无聊，更加思念远方的丈夫。怎样也排遣不了这种思绪，只好关起窗户“薰绣衣”。“琐窗薰绣衣”句将闺中女子孤单寂寞、百无聊赖的心理状态表现得凄婉、含蓄，耐人寻味。

下阕写这位少妇越是思念丈夫，越耐不住这种寂寥，强打精神为自己梳妆打扮。“画眉烦女伴”，她又想起了丈夫在家时闺房中的乐趣，可现在为她画眉的人远游他乡，她只得“烦女伴”了。女伴不在身边，她又得央求侍女莺儿去请她来。紧接着，诗人用“半晌试开奁”这个极细微的动作描写，把人物的复杂心理表现得逼真而细腻。女伴来了，她多么急切地想把自己打扮得姣好动人，可又害怕镜中显现出的自己是憔悴多愁的姿容，所以踌躇半晌，才试着打开镜匣。没想到镜中人是那样柔弱娇美，她不免暗中欣喜，可是立即想到丈夫不在身边，为谁梳妆呢！于是更觉无聊，连自己也嫌她“娇多”了。刚才的兴致一下被扫尽，心又冷下来了。

第四篇 清明节

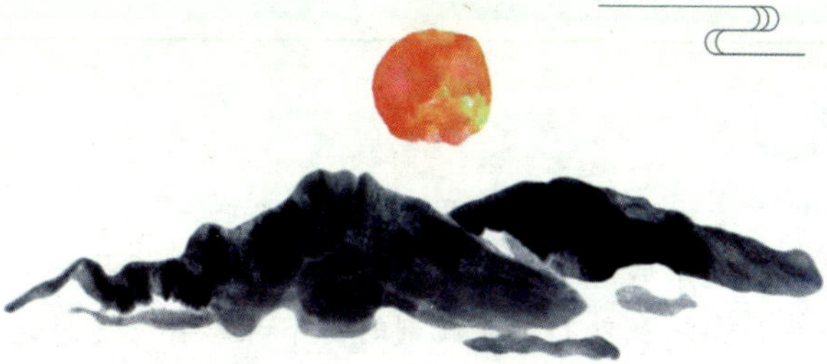

清明即事

【唐】孟浩然

帝里①重清明，人心自愁思。
车声上路合，柳色东城翠。
花落草齐生，莺飞蝶双戏。
空堂坐相忆，酌茗②聊代醉。

【注 释】

①帝里：京都。
②茗：茶。按，饮茶之风，似始盛于中唐以后，盛唐时尚不多见。

译 文

京都一年一度的清明节又到了，人们的心里自然就起了忧愁思念。马车声在路上繁杂地响着，东城郊外微风拂柳一片葱翠一片。落花飞舞芳草齐齐生长，黄莺飞来飞去，成双成对的蝴蝶嬉戏不已。自己坐在空空的大堂里回忆往昔，以茶代酒，聊以慰藉。

赏析

“帝里重清明，人心自愁思”，一个“重”字，一个“愁”字，开篇明义。京城一年一度又是清明，也许清明是一个普通的日子，然而漂泊在外的游子此刻的心中却贮着一片愁楚。一开篇，全诗就置入了青灰的愁绪中，奠定了抒情状物的基调。

“车声上路合，柳色东城翠”，惟妙惟肖地点染出了这种境界。说点染，是因为是作者并未进行全景式的描述，而是采用动静结合，声色俱出的特写手法，犹如一个配着声音的特写镜头，生动自然。

“花落草齐生，莺飞蝶双戏”，诗人又把想象的目光转向了绿草青青的郊外。坐在马车上，顺着青色的甬路来到绿意萌生的柳林，来到万匆复苏的郊外。白的杏花、粉的桃花轻盈地飘落，而毛茸茸、绿酥酥的小草却齐刷刷地探出了头，给这世界点缀了一片新绿。群莺自由自在地翱翔，美丽的蝴蝶成双成对地嬉戏，一切生命都在尽享大自然的温柔和丽，这该是何等畅快、舒心。

然而诗人并未“渐入佳境”，笔锋一转，把目光收回身旁。“堂堂坐相忆，酌茗聊代醉”，一动一静，两个镜头，我们仿佛看到了诗人独坐旷室，痴痴地追忆什么，继而端起茶杯，默默一饮而尽，叹口气又呆坐出神。这里的孤寂、愁思，这里的凄冷、沉默，同欣欣向荣的大自然、欢愉的郊游人群形成了一种多么鲜明的对比。

清明二首

【唐】杜甫

朝来新火起新烟，湖色春光净客船。
绣羽衔花[1]他自得，红颜骑竹我无缘。
胡童结束[2]还难有，楚女腰肢亦可怜。

不见定王[3]城旧处，长怀贾傅[4]井依然。
虚沾[5]焦举为寒食，实藉严君[6]卖卜钱。
钟鼎山林各天性[7]，浊醪[8]粗饭任吾年。

此身飘泊苦西东，右臂偏枯半耳聋。
寂寂系舟双下泪，悠悠伏枕左书空。
十年蹴鞠将雏远，万里秋千习俗同。
旅雁上云归紫塞，家人钻火用青枫。
秦城楼阁烟花里，汉主山河锦绣中。
春去春来洞庭阔，白苹[9]愁杀白头翁。

【注　释】

①绣羽：鸟。衔花：少年。
②胡：泛指少数民族。童：儿童。结束：服饰装束。
③定王：汉景帝第六子刘发。定王城又名定王台、定王庙等，在长沙县东一里，庙连岗，高七丈，故又谓之定王冈，相传乃定王为望其母唐姬墓所建。
④长怀：遐想，悠思。贾傅：即贾谊。
⑤沾：润泽。
⑥严君：即严君平，汉蜀郡人。卜筮于成都，日得百钱足以自养，则闭肆下帘读老庄，扬雄曾从其游。
⑦天性：犹天命，指上天的意旨或上天安排的命运。
⑧浊醪：浊酒。
⑨白苹：亦作“白萍”。水中浮草。

译　文

早起匆匆赶路，天气晴朗春色正好，可以清晰地看到那小舟荡漾在湖水之上。飞鸟在天上自在飞翔，少年无忧无虑地嬉戏打闹，只是这般天真无虑的时光却是与我无缘了。少数民族儿童独特的服饰已经很少看到了，楚地的女孩腰肢纤细，惹人怜惜。昔日辉煌的定王府已无踪迹，想象着贾谊府中的古井仍是当年模样。虽是只需禁火三日，无奈没有食物烹煮实在辜负了周举的好意了，一直四处奔波，生计却仍无着落。富足奢侈的生活还是山林平淡生活都是天意，有浊酒、粗茶淡饭颐养天年也已足够了。

一生都在外颠簸漂泊，右臂已渐渐枯瘦无力，一边的耳朵也已听不清。想到这病弱的身体，无依无靠，不禁悲从中来，泪湿衣襟。流浪漂泊，离都城已越来越远，时光匆匆已过十年，现唯有清明的风俗还与之相同。雁阵穿云北去，赶赴北国家园；其他人家也纷纷钻青枫取火，一片清明风光。长安的城楼掩映在一片轻烟花语中，那万里山河也是一片锦绣吧。春水滔滔不绝地汇向洞庭湖中，阻断了我回去的道路，目之所及茫茫一片白萍，心中更是凄苦愁闷。

〔赏析〕

在内容上，《清明二首》因节兴感，借景借物抒怀，既写平生不幸，更让人看到诗人心中交织纠结的矛盾和痛苦。

全诗以情感的构思线索，取景用事全为抒情服务，所以景随情移，步步变换。或以乐景衬哀，或直写哀景，第二首后三联则把情景高度统一于一体，一般景万种情叠起千重心浪，把全诗情绪推到最高点。诗人又善于多角度切入和转换，多重诗歌意象纷至沓来，仿佛随手拈出，又极妥贴自然。像第二首，首联点漂泊之苦，二联近承具写，三联远承概写，又带出清明物事，融深慨于其中。四联是眼前景，旅雁由地飞上云天，新烟袅袅腾空，视点从低至高摇移；五联是想象着笔，尾联又归于眼前茫茫湖水。结构上纵横开阖，景致上伸缩自如，情感氛围步步加深，似淡实浓，似散实密，似漫不经心偏又构思绵密。语出自然，旨归深烈，简易纯熟，浑然天成，正是诗人晚年诗作的鲜明特点。

清明日园林寄友人

【唐】贾岛

今日清明节，园林胜①事偏。
晴风吹柳絮，新火起厨烟。
杜草②开三径，文章忆二贤。
几时能命驾，对酒落花前。

【注 释】

①胜：优美的。
②杜草：即杜若。

作者名片

贾岛（779—843），字浪（阆）仙，汉族，河北道幽州范阳县（今河北省涿州市）人。早年出家为僧，号无本，自号“碣石山人”。唐代诗人，儒客大家，人称“诗奴”。贾岛一生穷愁，苦吟作诗，其诗多写荒凉枯寂之境，长于五律，重词句锤炼。与孟郊齐名，后人以“郊寒岛瘦”喻其诗之风格。有《长江集》。

译 文

今天是清明节，和几个好友在园林中小聚。天气晴朗，春风和煦，吹动着柳絮飞扬，清明乞新火后，人们的厨房里冉冉升起了生火做饭的轻烟。杜若开出了很长，文章想起了两位贤人。什么时候能够乘车出发再一起相聚？在落花前饮着酒。

赏析

此诗是诗人在与朋友聚会园林中即兴所致，诗文大概描述了清明时节的情景，清明这一天，诗人和几个好友一起在园林当中小聚，天气晴朗，春风和煦，柳絮随风飞扬，清明乞新火过后，人们的厨房里冉冉升起了生火做饭的轻烟，下阙诗文表达的就是对于两位好朋友的寄语，寄托了诗人对于友人的希望和祝愿。通篇读下来，不难发现，欢乐的小聚会中，不免透露出了诗人朋友目前不堪的处境，略略地表达了诗人的一种无奈的心情。

长安清明

【唐】韦庄

蚤①是伤春梦雨②天，可堪芳草更芊芊。
内官初赐清明火，上相闲分白打钱③。
紫陌乱嘶红叱拨④，绿杨高映画秋千。
游人记得承平事，暗喜风光似昔年。

【注　释】

①蚤：“蚤”通“早”。
②梦雨：春天如丝的细雨。
③白打钱：玩蹴鞠游戏，优胜者受赐金钱，种“白打钱”，一说白打钱指斗鸡。
④红叱（chì）拨：唐天宝中从西域进汗血马六匹分别以红、紫、青、黄、丁香、桃花叱拨为名，这里泛指骏马。

作者名片

韦庄（约836—约910），字端己，汉族，长安杜陵（今中国陕西省西安市附近）人，晚唐诗人、词人，五代时前蜀宰相。文昌右相韦待价七世孙、苏州刺史韦应物四世孙。韦庄工诗，与温庭筠同为“花间派”代表作家，并称“温韦”。有《浣花集》10卷，后人又辑其词作为《浣花词》。《全唐诗》录其诗316首。

译文

忽然之间，已经是细雨飘飞的春天了，像少女一样纤纤婷立的芳草青美得让人难以忍受。宫中把新火赐给大臣，大臣们闲来无事以蹴鞠为乐。郊野的道路旁草木繁茂，一匹匹骏马奔驰而过，绿杨掩映的庭院中秋千正上下飞舞。游人还记得以前太平时候的盛事，暗自欣喜这风光与往年并无不同。

赏析

这首诗语言清新，诗人通过写清明节时的人事和景物，来透露出诗人对盛世的怀念与对现实朝野状况的失望。

首联描写自己独伤春，朝与野之人游春、赏春。诗人在春雨霏霏的阴沉天气中，内心郁苦愁闷，更由芊芊芳草增添凄迷冷落之情。“蚤是”“可堪”这两个虚词，构成语意表达的递进关系，将诗人内心的凄楚表现得深长而急切。但是，后面所描写的并不是诗人自己的情态举止，而是朝廷内外游人的赏春之乐。

颔联描写宫中清明节的风俗和游乐。“内官初赐清明火”句，描写皇宫内清明节取榆柳火赏赐近臣的节俗。一个“初”字，暗示了此时动乱刚定，朝廷复行旧日礼制。“上相闲分白打钱”一句描写宫中蹴鞠游戏之乐，一个“闲”字，则交代了贵为朝廷宰相却无所作为的状态。

颈联描写宫外游春繁盛的景象。在京师郊野的道路上，红色的骏马嘶鸣不已，游春的男子络绎不绝；在绿杨掩映的庭院中，女子们正在欢快地荡着秋千。这里的色彩鲜艳夺目，所见所闻热闹非凡，一“乱”字、一“高”字，都尽显出晚唐时代人们沉湎在纵恣冶游的“世纪末”的狂欢之中。

尾联展现身处其间的游人的欣慰。他们觉得如今的热闹喧闹，就像是昔年的升平风光，又可以忘却动乱的痛苦记忆，无所顾忌地享受眼前的快乐。然而，所谓的“升平”却是表象，诗人正是透过这虚假的繁荣，感受到了国势岌岌可危的形势，深藏着浓重的现实忧愁。

清明日

【唐】温庭筠

清娥画扇中，春树①郁金红。
出犯②繁花露，归穿弱柳风。
马骄偏避幰③，鸡骇乍开笼。
柘弹④何人发，黄鹂隔⑤故宫。

【注　释】

①春树：指桃树。
②出犯：出，外出；犯，踏青。
③幰（xiǎn）：帐帏。
④柘（zhè）弹：用弹弓发射的飞弹。
⑤隔：庭院隔墙。

作者名片

温庭筠（约812—866），本名岐，字飞卿，太原祁（今山西祁县东南）人，唐代诗人、词人。富有天才，文思敏捷，每入试，押官韵，八叉手而成八韵，所以也有“温八叉”之称。精通音律。工诗，与李商隐齐名，时称“温李”。其诗辞藻华丽，秾艳精致，内容多写闺情。其词艺术成就在晚唐诸词人之上，为“花间派”首要词人，对词的发展影响较大。在词史上，与韦庄齐名，并称“温韦”。存词70余首。后人辑有《温飞卿集》及《金奁集》。

译　文

清明日的清晨，清蛾飞舞，色彩斑斓，犹如在画扇中一样。桃树满园，桃花和郁金花竞相开放，红遍了田野。人们兴冲冲结伴踏青，出发时看到露水在各色花瓣上颤颤欲滴，归来时领略到微风穿过柳丝拂面而来。骄傲的马匹在帐帏旁昂首嘶鸣，鸡群从刚打开的笼子里争先恐后地跑出来，“咯咯咯”地叫着，四处觅食。不知是谁瞄准鸟儿在发射飞弹？黄鹂赶紧飞入隔墙的庭院，在房顶上宛转鸣叫，仿佛说：人们啊，请不要伤害我们，不要破坏大自然的和谐吧！

赏析

温庭筠这首《清明日》写人们在清明那天外出踏青的喜悦心情。温庭筠的诗以辞藻华丽、风格秾艳著称。这首《清明日》短短四十个字，充满了诗情画意，其画面之丰富多彩，在历代一百余首清明诗中，没有一首能够超过它。

清 明

【宋】杜牧

清明时节雨纷纷，路上行人欲断魂①。
借问酒家何处有？牧童遥指杏花村②。

【注 释】

①欲断魂：形容伤感极深，好像灵魂要与身体分开一样。断魂：神情凄迷，烦闷不乐。
②杏花村：杏花深处的村庄。今在安徽贵池秀山门外。受此诗影响，后人多用“杏花村”做酒店名。

作者名片

杜牧（约803—852），字牧之，号樊川居士，汉族，京兆万年（今陕西西安）人。杜牧是唐代杰出的诗人、散文家，是宰相杜佑之孙，杜从郁之子。因晚年居长安南樊川别墅，故后世称“杜樊川”，著有《樊川文集》。杜牧的诗歌以七言绝句著称，内容以咏史抒怀为主，其诗英发俊爽，多切经世之物，在晚唐成就颇高。杜牧人称“小杜”，以别于杜甫，“大杜”。与李商隐并称“小李杜”。

译 文

江南清明时节细雨纷纷飘洒，路上羁旅行人个个落魄断魂。
询问当地之人何处买酒浇愁？牧童笑而不答指了指杏花深处的村庄。

赏析

清明节的时候，诗人不能够回家扫墓，孤零零一个人在异乡路上奔波，心里已经不是滋味；况且，天也不作美，阴沉着脸，将牛毛细雨纷纷洒落下来，眼前迷蒙蒙的，春衫湿漉漉的。诗人啊，简直要断魂了！找个酒店避避雨，暖暖身，消消心头的愁苦吧，可酒店在哪儿呢？诗人想着，便向路旁的牧童打听。骑在牛背上的小牧童用手向远处一指——哦，在那天满杏花的村庄，一面酒店的幌子高高挑起，正在招揽行人呢！

这首小诗，用优美生动的语言，描绘了一幅活灵活现的雨中问路图。小牧童的热情指引，自然会叫诗人连声道谢；杏花村里那酒店的幌子，更在诗人心头唤起许多暖意！

清明日狸渡道中

【宋】范成大

洒洒沾巾雨，披披①侧帽②风。
花燃山色里，柳卧水声中。
石马③立当道，纸鸢④鸣半空。
墦⑤间人散后，乌鸟正西东。

【注 释】

①披披：散乱的样子。侧帽：帽子被风吹歪。
②石马：坟前接道两旁之石兽。
③纸鸢（yuān）：鹰形风筝。
④墦（fán）：坟墓。

作者名片

范成大（1126—1193），字至能（《宋史》等误作“致能”），一字幼元，早年自号此山居士，晚号石湖居士，平江府吴县（今江苏省苏州市）人。南宋名臣、文学家、中兴四大诗人之一。范成大素有文名，尤工于诗。他从江西派入手，后学习中、晚唐诗，继承白居易、王建、张籍等诗人新乐府的现实主义精神，终于自成一家。风格平易浅显、清新妩媚。诗题材广泛，以反映农村社会生活内容的作品成就最高。与杨万里、陆游、尤袤合称南宋“中兴四大诗人”（又称南宋四大家）。今有《石湖集》《揽辔录》《吴船录》《吴郡志》《桂海虞衡志》等著作传世。

译　文

泪水沾满纶巾，连绵不断。散乱的头发，帽子也被风吹斜了。繁花染红了山野，柳条卧在水面上。石兽立在道路两旁，纸也在半空中旋飞。人们离开了坟墓以后，乌鸦小鸟们活跃起来，四处觅食。

赏析

诗人范成大就清明山行道中所见景象，一路叙来。山风、细雨、花燃、柳卧，唯独不见一个人影，在这样空旷的背景下，大自然显得颇有活力，但这只是一种艺术的对照。后四句写坟地上扫墓的人散去，只剩下石马、纸鸢这些没有生命的东西做伴。而令人憎恶的乌鸦之类则活跃起来，上下翻飞，四处觅食，暗示出长眠地下的死者亡灵的寂寞。诗歌反映出范成大离乡远行途中，心头泛起的一种怅惘、失落之感。

清　明

【宋】王禹偁

无花无酒过清明，
兴味①萧然②似野僧。
昨日邻家乞新火③，
晓窗分与读书灯。

【注　释】

①兴味：兴趣、趣味。
②萧然：清净冷落。
③新火：唐宋习俗，清明前一日禁火寒食，到清明节再起火，称为“新火”。

作者名片

王禹偁（954—1001），字元之，济州巨野（今山东省巨野县）人，晚被贬于黄州，世称王黄州，北宋白体诗人、散文家。王禹偁为北宋诗文革新运动的先驱，文学韩愈、柳宗元，诗崇杜甫、白居易，多反映社会现实，风格清新平易。词仅存一首，反映了作者积极用世的政治抱负，格调清新旷远。著有《小畜集》。

译　文

无花无酒地度过清明节，那萧索的兴致犹如居于山野庙宇的和尚一样。昨天从邻家讨来新燃的火种，破晓时就在窗前点灯，坐下来潜心读书。

赏析

这首诗以清明时节为背景，用白描手法再现了古代清贫知识分子的困顿生活，表达了诗人生活的艰难和以读书为乐的情怀。

全篇语言朴实，议论明快，叙述简洁。全诗运用衬托、对比的手法，再现了古代清贫寒士的困顿生活，给人凄凉、清苦之感，寥寥数语，质朴平实，于小处见大，自然揭露出社会生活真实的一面。

清明日对酒

【宋】高翥

南北山头多墓田，清明祭扫各纷然①。
纸灰飞作白蝴蝶，泪血染成红杜鹃。
日落狐狸眠冢上，夜归儿女笑灯前。
人生有酒须当醉，一滴何曾到九泉②。

【注　释】

①纷然：众多繁忙的意思。
②九泉：指人死后埋葬的地方，迷信人指阴间。

作者名片

高翥（1170—1241），初名公弼，后改名翥（音同“著”）。字九万，号菊磵（古同“涧”），余姚（今属浙江）人。游荡江湖，布衣终身。是江南诗派中的重要人物，有“江湖游士”之称。高翥少有奇志，不屑举业。他游荡江湖，专力于诗，画亦极为出名。晚年贫困潦倒，无一椽半亩，在上林湖畔搭了个简陋的草屋，小仅容身，自署“信天巢”。

译文

南北山上有很多的墓地，清明时节都是忙于上坟祭扫的人群。焚烧的纸灰像白色的蝴蝶到处飞舞，痛哭而流出的血泪染红了满山的杜鹃。黄昏时，静寂的坟场一片荒凉，独有狐狸躺在坟上睡觉，晚上归家儿女们在灯前欢声笑语。人生本来如此，今朝有酒就应今朝醉，百年之后就连一滴也带不到地底。

赏析

“南北山头多墓田，清明祭扫各纷然”两句是远景，一句写物景，一句写人景。据此，我们不妨这样想，诗人在清明节这一天来祭扫，未到坟茔聚集之地，即以目睹此景，因墓地往往在深处，怕妨路径，故一眼必是望到远景。

“纸灰飞作白蝴蝶，泪血染成红杜鹃”两句，诗人走上前去，镜头拉近，细节刻画物景与人景：冥纸成灰，灰飞漫天，好似白色的蝴蝶；相思成泪，泪滴成血，仿佛红色的杜鹃。

“日落狐狸眠冢上，夜归儿女笑灯前”承接上句，依照时间发展续写诗人的所见所想：一天的祭扫结束了，日薄西山，人人各自归家，但“我”知道，只有一种动物是不会离开的，那便是狐狸。

“人生有酒须当醉，一滴何曾到九泉”，诗人要总结了，也算是表达自己的态度：及时行乐。诗人尚在阳间，就已经想到死后别人祭祀他的酒他一滴也尝不到了，可见他对这个世界是何其留恋！

清　明

【宋】黄庭坚

佳节清明桃李笑[1]，野田荒冢只生愁。
雷惊天地龙蛇蛰[2]，雨足郊原草木柔。
人乞祭余骄妾妇，士甘焚死不公侯。
贤愚千载知谁是，满眼蓬蒿[3]共一丘。

【注　释】

①桃李笑：用拟人手法形容盛开的桃、李花。
②蛰（zhé）：动物冬眠。
③蓬蒿（hāo）：杂草。丘，指坟墓。

作者名片

黄庭坚（1045—1105），字鲁直，号山谷道人、涪翁，洪州分宁（今江西省九江市修水县）人，北宋著名文学家、书法家、江西诗派开山之祖。早年以诗文受知于苏轼，与张耒、晁补之、秦观并称“苏门四学士”。与苏轼齐名，世称“苏黄”。诗以杜甫为宗，有“夺胎换骨”“点铁成金”之论，风格奇硬拗涩，开创江西诗派，在宋代影响颇大。又能词。兼擅行书、草书，为“宋四家”之一。

译　文

清明时节，桃红李白，含笑盛开。田野上那些长满杂草的坟墓令人感到凄凉。春雷滚滚，惊醒了冬眠中的龙蛇百虫；春雨充沛，滋润郊野旷原，使草木变得青绿柔美。古有齐人出入坟墓间乞讨祭食以向妻妾夸耀，也有介子推拒做官而被大火烧死。不管是贤者还是平庸之辈，千年之后又有谁知道呢？最后留在世间的只不过是满目乱蓬的野草而已。

赏析

这是诗人触景生情之作，通篇运用对比手法，抒发了对人生无常的慨叹。

首联出句点题："佳节清明"，似无新意；继而写景，"桃李"春风"野田荒冢"，意象格调迥异，再对举喜"笑"和悲"愁"，意境顿出。突兀的情感，鲜明的对比，读来令人悚然。

颔联描写清明时节生物的活跃情景。"雷惊天地龙蛇蛰"，写的是动物的活动。

以上两联写了桃李、荒冢、龙蛇、草木。颈联的两个典故，两种活法。"人乞祭余骄妾妇"说的是古代那个专靠到坟茔地里乞讨人家祭祀剩下的供品以饱食终日且炫耀于妻妾的人；"士甘焚死不公侯"说的是拒官隐居虽被烧死亦不甘心妥协于社会的正直之士。一样人生，两种境界，不置可否的对比中，暗含着诗人对介子推品格的肯定与赞扬。

尾联生发疑问：蓬蒿荒丘，遗骨一土，千载万世，谁知谁是贤愚？即便是活在当下，谁又辨贤愚？"知谁是"的反问中，浸透着诗人的满腔愤懑；以景做结的末句里有悟透生死的通达。这种通达，是贬谪失意的心灰意懒，是不满现实的讽刺反击，是坚守人格操守的格格不入。

郊行即事

【宋】程颢

芳原绿野恣行[1]事，春入遥山[2]碧四围。
兴[3]逐乱红[4]穿柳巷，困临流水坐苔矶。
莫辞盏酒十分劝，只恐风花一片飞。
况是清明好天气，不妨游衍[5]莫忘归。

【注　释】

①恣行：尽情游赏。
②遥山：远山。
③兴：乘兴，随兴。
④乱红：指落花。
⑤游衍：是游玩溢出范围的意思。

作者名片

程颢（1032—1085），字伯淳，学者称明道先生，洛阳（今属河南）人，北宋哲学家、教育家、北宋理学的奠基者。神宗朝任太子中允监察御史里行。反对王安石新政。提出“天者理也”和“只心便是天，尽之便知性”的命题，认为“仁者浑然与物同体，义礼知信皆仁也”，识得此理，便须“以诚敬存之”。倡导“传心”说。承认“天地万物之理，无独必有对”。程颢学说在理学发展史上占有重要地位，后来为朱熹所继承和发展，世称程朱学派。其亲撰及后人集其言论所编的著述书籍，收入《二程全书》。

译文

我在长满芳草花卉的原野尽情游赏，远山春意正浓，四周一片碧绿苍翠。乘着兴致追逐随风飘飞的、穿过柳丝飘摇小巷的落花；感到困倦时，就坐在溪水边长满青苔的石头上休息。休要推辞这杯酒，辜负十分诚挚劝酒的心意，只是怕风吹花落，一片片飞散了。况且今日是清明佳节，又遇着晴朗的好天气，不妨肆意游玩，但不可乐而忘返。

赏析

这首诗是宋代“理学派”的作品。作者描写了清明节春天原野上清新的景致，将追逐落花的小游戏写进了诗里，在平添几许稚趣的同时，劝说世人珍惜友情、珍惜时光。

这首诗可以分为两个部分，前四个短句为一部分，后面的为一部分。前面写郊外踏春，后面写春游所得的感想。清明的原野那样美丽，乡间的景色清新如洗，飘着落花的流水明冽，对疲惫的人来说最好的休息就是坐下来注视那好像会说话的流水。

面对渐飘渐远的落花，诗人想到了时间的珍贵，想到了聚少离多的世事，更想到了朋友。他认为人生中会有的事物感情，也终究有一天会烟消云散，好高骛远不如抓住眼前，珍惜今天所有的美好就是珍惜了自己的一生。

苏堤[1]清明即事

【宋】吴惟信

梨花风[2]起正清明，游子寻春半出城。
日暮笙歌收拾去，万株杨柳属流莺。

【注　释】

①苏堤：元祐间苏轼任杭州知州时建于西湖。
②梨花风：古代认为从小寒谷雨有二十四番应花期而来的风。梨花风为第十七番花信风。梨花风后不久即是清明。

作者名片

吴惟信，字仲孚，霅川（今浙江吴兴）人，生卒年不祥。南宋后期诗人。作品多以对景物的精致描述以抒情。

译　文

风吹梨花的时候正是清明时节，游人们为了寻找春意大多都出城踏青。日暮时分笙歌已歇，游人归去，被惊扰一天的流莺回到杨柳丛中享受这静谧时刻。

赏析

首句“梨花风起正清明”诗人点明了节令正在清明。梨花盛开，和风吹拂，时值清明。天气有何等的温暖也不必说了。梨花开在杏花、桃花的后面，一盛开就到了四月。风吹花落，那白白的梨花有的在枝头，有的随风飘落，仿佛是为了清明的祭祀而飘落的。清明时节，人们也忙碌着。次句“游子寻春半出城”，人们游春赏玩，大多数人都出了城来到西湖苏堤上。一个半字点出了出城游玩的人很多，西湖边又是多么热闹。

后两句“日暮笙歌收拾去，万株杨柳属流莺”，是说日暮人散以后，景色更加幽美，那些爱赶热闹的人既然不知道欣赏，只好让给飞回来的黄莺享受去了。运用侧面描写，反映了清明时节郊游踏青的乐趣。

清明二绝·其一

【宋】陈与义

街头女儿双髻鸦[①]，随蜂趁蝶学夭邪[②]。
东风也作清明节，开遍来禽[③]一树花。

【注　释】

①双髻（jì）鸦：又称双鸦，少女头上的双髻。鸦：比喻黑色，形容妇女鬓发，所谓“双发若鸦”“云鬓堆鸦”。
②夭邪：袅娜多姿。
③来禽：即沙果。也称花红、林檎、文林果。果味甘美，能招众禽，故名。

作者名片

陈与义（1090—1138），字去非，号简斋，其先祖居京兆，自曾祖陈希亮迁居洛阳，故为宋代河南洛阳人（现在属河南）。他生于宋哲宗元祐五年（1090年），卒于南宋宋高宗绍兴八年（1138年）。北宋末、南宋初年的杰出诗人，同时也工于填词。其词存于今者虽仅十余首，却别具风格，尤近于苏东坡，语意超绝，笔力横空，疏朗明快，自然浑成，著有《简斋集》。

译 文

街头都是踏青的姑娘们，头上梳着乌黑的双髻，打扮得很漂亮。在这春光明媚的日子里，她们随着在花丛中飞舞的蜂呀，蝶呀，做出种种天真妖娆的姿态。东风，这春天的使者，好像也在过清明节呢，吹得特别柔和。你看，它吹得来禽开了一树多么美丽的花！

赏析

此诗描绘的是清明佳节人们户外踏青、游春、快乐嬉戏的美妙情景。开头一句的“街头”即是指明地点的：春天来了，清明临近，户外的景色这般美好，吸引了许许多多的男儿女儿。可诗人要着力渲染的并非其他人与物，而是发如墨染、头盘双髻的一群少女。她们的笑脸可与春色媲美，她们的腰肢可与杨柳争高低。徜徉在美妙的春光里，她们个个妖娆无比，几乎可以追蜂赛蝶。一个“学”字，将人与物糅合在一起，既有了错综交杂的色彩，又蕴含了丰富而不俗的韵致。这流淌在诗人笔端的诗句，无不表露出他热爱自然、热爱生活的真挚情意。接着，诗人笔锋一转，引向了东风，而且用一“作”字将其拟人化，仿佛那东风也通晓人意似的，特意在这清明佳节之际，催开了一树树争奇斗艳的花朵，来点缀自然，点缀佳节，给游春的人们送上美景，也送上欣喜。整首诗词句清丽，音节流畅，表情达意浅白酣畅。

采桑子·清明上巳西湖好

【宋】欧阳修

清明上巳[1]西湖好，满目繁华。争道[2]谁家。绿柳朱轮[3]走钿车[4]。

游人日暮相将[5]去，醒醉[6]喧哗。路转堤斜。直到城头总是花。

【注 释】

①上巳：节日名，古时以阴历三月上旬巳日为上巳，这一天人们多到水边嬉游，以消除不祥。
②争道：游人车辆争先而行。
③朱轮：漆着红色的轮子。汉制，太守所乘之车，以红漆涂轮。
④钿车：嵌上金丝花纹作为装饰的车子。这句是说装着朱轮的钿车在绿柳之下驶过。
⑤相将：相随，相携，即手牵手。
⑥醉醒：醉酒的人和酒醒的人。

译 文

清明节与上巳节的时候，西湖风光正好。满眼都是一片繁华景象。拥挤的湖边吵吵嚷嚷，那是谁家在争道？一辆有着红色轮子和金丝花纹的车子，在翠绿的垂柳下穿行而过。

日暮时分友人才相随离去，醒的醒，醉的醉，相互招呼，喧哗不已。游人连成一串，渐行渐远，道路弯转，湖堤也歪斜变化。从西湖弯斜的堤岸一直到城头，沿途都是开放的鲜花。

赏析

这首词描写清明时节西湖游春的热闹繁华景象，特别着重描绘日暮回城时喧哗熙攘的情景，着意描绘游春的欢乐气氛，从侧面来写西湖之美。这首词写得人欢景艳，别具一格，不乏动人之处。

此词从开始到结束都贯穿着“繁华”“喧闹”的节日气氛，把读者也卷入这气氛之中，领受节日的欢乐。读完这首词，再回头看看第一句“清明上巳西湖好”，就不难看出，作者是借节日的繁华来赞美西湖好的。词中每一句都有丰富的内涵，全词构成一幅生动壮美的游春图。

整首词通过朱轮钿车争道、游人簪花而归的特写镜头，形象描绘了一幅杭州西湖清明上巳时期的风情画。这首《采桑子》写得人欢景艳，别具一格，不乏动人之处。

木兰花慢·拆桐花烂漫

【宋】柳永

拆桐花烂漫，乍疏雨、洗清明。正艳杏烧林，缃桃绣野，芳景如屏。倾城，尽寻胜去，骤雕鞍绀幰[①]出郊坰。风暖繁弦脆管，万家竞奏新声。

盈盈，斗草踏青。人艳冶[②]，递[③]逢迎。向路旁往往[④]，遗簪堕珥，珠翠纵横。欢情，对佳丽地，信金罍罄竭玉山倾。拚却明朝永日，画堂一枕春酲。

【注　释】

①幰（xiǎn）：车上帷幔。
②艳冶：艳丽，犹言妖冶。
③递：驿车，驿马。
④往往：处处。

译　文

桐树花开绚丽烂漫，一阵疏雨刚过，郊外一片晴明清新，如同洗过一般。艳丽的红杏林犹如燃烧的火焰，浅红色的缃桃花装扮着郊野，美景似画屏。清明踏青的人们倾城空巷而出，全都为游赏名胜而去。人们纵马驾车奔向远郊。暖风中吹来阵阵繁密清脆的管弦乐声，千家万户竞相奏起新颖美妙的音乐。

远郊佳丽如云。踏青队伍里，少女们采花斗草，艳丽妖冶的歌女递身迎合、不停地招呼交往。对面路旁到处可见遗簪坠珥的欢饮不拘形迹之人，盛装美女更是纵横遍野。面对如此众多佳丽，欢爱之情油然而生。纵情畅饮，陶然大醉如玉山倾倒。拼着明日醉卧画堂，今朝也非尽醉不休。

赏析

这首《木兰花慢》以描绘清明的节日风光，侧面地再现了宋真宗、仁宗年间社会升平时期的繁盛场面。清明时节风和日暖，百花盛开，芳草芊绵，人们习惯到郊野去扫墓、踏青。这首词就以北宋江南清明郊游为再现对象，生动地描绘了旖旎春色和当时盛况，是一首典型的“承平气象，形容曲致”之作。

这首《木兰花慢》充分体现了柳词善于铺叙的表现特征。作者依赖调式变化、句式参差，造成了一种急促的节奏和繁密的语势；同时又通过特色景物的点染、大量细节的描写和场面的铺陈，将描写对象加以铺张渲染，为全词带来一种繁复之美。

渡江云三犯·西湖清明

【宋】吴文英

羞红颦浅恨，晚风未落，片绣点重茵。旧堤分燕尾[①]，桂棹轻鸥，宝勒[②]倚残云。千丝怨碧，渐路入、仙坞迷津。肠漫回，隔花时见，背面楚腰身。

逡巡。题门[③]惆怅，堕履牵萦，数幽期难准。还始觉、留情缘眼，宽带因春[④]。明朝事与孤烟冷，做满湖、风雨愁人。山黛暝[⑤]，尘[⑥]波澹绿无痕。

【注　释】

①燕尾：西湖苏堤与白堤交叉，形如燕尾。
②宝勒：以珍宝、金饰勒马络头，此指代宝马。
③题门：《世说新语》载，嵇康与吕安是朋友，安拜访嵇不遇，嵇康子嵇喜出门让吕安进屋，安未入，在门上题写“凤”字而去，意谓喜是一只“凡鸟”。此处单作“不遇”解。
④留情缘眼，宽带因春：一本作“留情缘宽，带眼因春”；一本作“留情转眼，带减因春”。
⑤暝：一本作“映”。
⑥尘：一本作“澄”。

译　文

娇美的红花仿佛是美人含羞的笑脸，嫩绿的叶片点缀在她的鬓边，仿佛轻蹙黛眉，微微含恨。我怨恨晚风为什么不把花儿全部都吹落下来，这样飘落的花瓣就像彩绣点缀着厚厚的绿茵般的草地。那苏堤与白堤交叉像燕尾已分，湖面上桂木桨的舟船像轻轻浮荡的水鸥，我骑着勒缰的宝马就像倚在黄昏的残云边上。千丝万缕的绿柳丝轻轻飘拂令人伤神，水中的轻舟沿着柳径渐渐进入一个花丝环抱如屏的仙境，令人回肠荡气。我在岸上紧紧跟随着画船，为她美貌风情而销魂。隔着花朵柳丝，我不时地看见她那背面含羞的苗条婀娜的细腰身。

我迟疑不决，好不容易才寻找到你的家门，又恰好遇到你不在家，只好满心怅惘地留言题门。后来终于可以得偿所愿，我脱下鞋子进入你的闺房中，那种欢爱的情景真是令人沉醉。以后我便时时刻刻地计算着下次幽会的日期，虽然有时也没有一个定准。不久我慢慢地发现，情思缭绕全是因为你那多情的眼神，衣带渐宽是因为感伤春天。到明天早晨，往事和孤烟一样清冷，满潮的凄风苦雨实在令人倍感忧愁。山色更加幽暗昏暝，水波淡淡，凌波仙子杳然无迹。

赏析

上阕追忆与亡妾始遇时的情景。“羞红颦”三句，描绘出湖边暮春景色。“旧堤”三句，述湖景。远望湖上苏、白两堤交叉，形如燕尾，湖中众多的游船与鸥鸟一起荡漾在碧波之中。词人骑着马，背衬着西天的彩云伫立在岸堤上观赏远近景色。“千丝”两句，游湖思亡妾。眼前这些既轻柔又茂盛的柳枝却不能为词人挽留住就在这儿相识的亡妾。词人对亡妾牵肠挂肚朝夕相思，以致伫立在这两人初识之处，幻觉中向花丛中望去似乎隐约看到了她美妙的背影。

下阕追忆不遇以悼念亡妾。“逡巡”四句，忆不遇。词人想起从前初识之时曾多次来到她的门前徘徊，终因两人不能见面而心情惆怅，词人像张良盼望黄石公传艺那样希望她能对其钟情，但又因为好几次约会都没有实现而感到牵肠挂肚。“还始觉”两句，词人对亡妾难舍难忘，细想原因，一是因为她有一双令人销魂的多情的媚眼。二是词人值此清明时节，自然引起了对亡妾的怀念，以致因对她的刻骨相思而日渐消瘦。“明朝”两句，点出悼念。因为今天正是清明节，是祭奠亡灵之时，所以词人想到如今自己与亡妾早已阴阳异路，两人往日的恩爱情景已似幻梦般的风消烟散。词人对亡妾的悼念，也如那湖上的风风雨雨一样愁煞人啊。“山黛暝”一句，以景作结，点明游湖。

朝中措·清明时节

【宋】张炎

清明时节雨声哗。潮拥渡头沙。翻[①]被梨花冷看，人生苦恋天涯[②]。

燕帘莺户[③]，云窗雾阁，酒醒啼鸦。折得一枝杨柳[④]，归来插向谁家。

【注　释】

①翻：却，表示转折。
②天涯：远离家乡的异地。
③燕帘莺户，云窗雾阁：借指歌楼舞榭。
④杨柳：古时清明节有家家户户门上插柳以祛邪的风俗。

作者名片

张炎（1248—1320），字叔夏，号玉田，晚年号乐笑翁。祖籍陕西凤翔。六世祖张俊，宋朝著名将领。父张枢，“西湖吟社”重要成员，妙解音律，与著名词人周密相交。著有《山中白云词》，存词302首。张炎另一重要的贡献在于创作了中国最早的词论专著《词源》，总结整理了宋末雅词一派的主要艺术思想与成就，其中以“清空”“骚雅”为主要主张。

译　文

清明时节，雨声响成一片。江水上涨淹没了渡口的沙滩。路旁，雪白的梨花冷冷地看着我走过，仿佛责怪我这个时候还不思故土，而对他乡的山水花木如此痴情苦恋。

只有到那莺啼燕舞的珠帘绣户，云裳雾鬓的琐窗朱阁，在欢歌曼舞中一醉消愁。酒醒时只听得归鸦啼鸣。归去时随手折了一枝杨柳，走到客舍门前，这才恍然醒悟：此处哪有自己的家门！

赏析

这首词作于宋亡以后，抒发漂泊沦落之悲情。此词写情愁，选景独出心裁，用写情愁言愁之精妙，表达之条理。这使在词中平素并不显眼的词语，在词人笔下却显得幽默，有韵味。

“清明时节”二句，描写清明时的雨，不是毛毛细雨，而成了哗哗大雨。恰在此时作者冒雨寻春，却被大雨所困，见到江边水急，浪潮翻涌。

“翻被梨花冷看，人生苦恋天涯”，雨洒梨花，本也是极美妙而又难得的一景，可是张炎并没有照实写来，而是反过来写梨花看人，而且是“冷看”。并且从她那冷淡的眼神中，词人还感受到一种责怪之意——人生在世能像你这样不思故土，而对他乡的山水花木如此痴情苦恋吗！这“遭遇”，这“责怪”，与词人冒雨出游之意，真是适得其反。而又有口难辩，上阕至此也就戛然而止，可是无限辛酸，无限悲恨，尽在不言之中。

“燕帘莺户，云窗雾阁，酒醒啼鸦”，雨中寻景不成，因而只能到莺啼燕舞的珠帘玉户消磨时光，一醉解千愁。然而醉乡虽好，难以久留，醉醒客散，只见归鸦啼鸣，人去楼空。

“折得一枝杨柳”二句，古时清明节中家家户户门上插柳以祛邪。归去的途中，作者也随手折了一枝杨柳，但走至住所才恍然醒悟——流浪之人羁驻之旅，哪会有自己的家门呢？作者不禁感叹一枝杨柳，“归来插向谁家”。一种天涯游子欲归无处，欲住无家的悲哀猛然袭向心头。一枝无处可插的杨柳，满腹悲怨溢于词中，幽默中见无奈。词人用笔举重若轻，不见着力，是那么自然，用笔之巧，用意之妙，叫人拍案叫绝。

折桂令·客窗清明

【元】乔吉

风风雨雨梨花，窄索①帘栊，巧小窗纱。甚②情绪灯前，客怀枕畔，心事天涯。三千丈清愁鬓发，五十年春梦繁华。蓦见人家，杨柳分烟，扶上檐牙③。

【注　释】

①窄索：紧窄。
②甚：甚是，正是。
③檐牙：檐角上翘起的部位。

作者名片

乔吉（约1280—1345），字梦符，号笙鹤翁，又号惺惺道人，太原（今属山西）人，元代杂剧家。他一生怀才不遇，倾其精力创作散曲、杂剧。他的杂剧作品，见于《元曲选》《古名家杂剧》《柳枝集》等集中。散曲作品据《全元散曲》所辑，存小令200余首，套曲11首。散曲集今有抄本《文湖州集词》1卷，李开先辑《乔梦符小令》1卷，及任讷《散曲丛刊》本《梦符散曲》。

译　文

紧窄的窗户，小巧的窗纱，露出一方视野的空间。窗外飘打过多少阵风雨，而梨花还是那样的耀眼。不须说客灯前黯然的心绪，孤枕畔旅居的伤感，我的思念总是飞向很远很远。太多的清愁催出了三千丈的白发垂肩，再久的繁华不过是春梦一现。忽然间，我发现居民家飘出一缕缕轻烟，从杨柳树两边升起，渐渐爬上了高耸的屋檐。

〔赏析〕

本词开头三句写即目所见的景物。清明时节，时届暮春，经过风吹雨打，窗前的梨花已日渐凋零了。这是透过窗棂所看到的外景，写景的观察点是在窗前，故二、三句描写窄索细密的窗帘和小巧玲珑的窗纱，以扣紧题目中的“客窗”两字。接着用“甚情绪灯前”的一个“甚”字，领起以下三句，由景及情，渐渐道出了客子的愁苦情怀。一个客居在外的人，面对孤灯一盏，当然没有好心情。客中的情怀、重重心事和天涯漂泊的苦况，萦绕在枕边耳际。这万千的心事，作者仅用了以下两句来进行概括：“三千丈清愁鬓发，五十年春梦繁华。”说明自己的白发因愁而生，表现了愁思的深长。下句说五十年来的生活，像梦一样过去了。这两句写出了作者无限的愁思和感怆。“蓦见人家”以下三句，陡然一转，将视线移向窗外人家，这家门前的杨柳如含烟雾一般，长得与屋檐相齐，充满着春来柳发的一片生机，给这家人带来盎然的春意和生活的情趣。此情此景，更反衬出游子天涯漂泊的孤独之感。李清照《永遇乐·落日熔金》词中有“如今憔悴，风鬟雾鬓，怕见夜间出去。不如向帘儿底下，听人笑语”，即是用人家的笑语欢言来反衬自己的寂寞伤神，此曲抒情手法与此一脉相承。

壬戌①清明作

【明】屈大均

朝作②轻寒暮作阴，愁中不觉已春深。
落花有泪因风雨，啼鸟无情自古今③。
故国江山徒梦寐，中华人物又销沉。
龙蛇④四海归无所，寒食年年怆⑤客心。

【注　释】

①壬戌：康熙二十一年（1682 年）。
②作：此处指天气变化。
③“落花”二句：实即杜甫《春望》诗中“感时花溅泪，恨别鸟惊心”之意，作者偏从正面说出，以落花、啼鸟之无知，更进一步衬托出自己的深愁远虑。
④龙蛇：比喻隐伏草野，待时而起的志士。
⑤怆（chuàng）：悲伤。

作者名片

屈大均（1630—1696），字翁山、介子，号莱圃，广东番禺人，明末清初著名学者、诗人，与陈恭尹、梁佩兰并称“岭南三大家”，有“广东徐霞客”的美称。曾与魏耕等人进行反清活动。后为僧，中年仍改儒服。诗有李白、屈原的遗风，著作多毁于雍正、乾隆两朝，后人辑有《翁山诗外》《翁山文外》《翁山易外》《广东新语》及《四朝成仁录》，合称“屈沱五书”。

译　文

阵阵轻寒，弥漫在清晨，片片阴云，笼罩在暮色时分。愁闷里，竟然未觉到春意已沉。落花滴泪，是因有风雨的侵临，啼鸟无情，此事自古而今。故国的江山啊，突然称为梦寐，中华英杰人物又一次消沉。那醉梦独醒的猛士啊，四海之广，却无处可以立身，年年的寒食，徒然伤我客子之心。

赏析

本诗首联写环境氛围，暗示斗争的情况和自己的心情。早晨飘飞的轻云到了傍晚就阴沉沉的了，在忧愁中的人全然不觉时间已进入了暮春。前句既是写实际的天气，又是写内心的感触：清人的力量渐渐渗透已把天下遮掩。环境描写，有渲染气氛的作用。后句，点出一个“愁”字，流露郁懑和时光逝去的失落之情。

颔联用双关语对比，写眼前的现实。作者用垂泪的“落花”比喻受打击的抗清志士，得意的“啼鸟”来比喻卖力为清廷帮腔的小人。这样的写法，能够表达作者鲜明的爱憎之情。

颈联感情强烈，饱含自己壮志未酬的感慨。“徒”“又”，将恢复理想成为空想的感伤，志士仁人白白消殒的沉痛，表达得淋漓尽致。有“如何亡国恨，尽在大江东”的深沉幽愤，也有“万里悲风随邮塞，三年明月照思乡”的沉痛遗恨，慷慨悲壮而让人久久难以释怀。

尾联流露出失望之情。“龙蛇四海归无所”指反清志士们因为大业难成而找不到自己的归宿。“寒食年年怆客心”指包括自己在内的前明遗民志士在年年寒食节的时候都会产生悲怆之感。由此，表达了反清无望的忧愤。

第五篇

端午节

端午日赐衣

【唐】杜甫

宫衣亦有名，端午被恩荣。
细葛①含风软，香罗叠雪轻②。
自天题处湿，当暑著来清。
意内③称长短④，终身荷圣情。

【注　释】

①细葛（gé）：葛是一种植物，可用来织布，细葛指用最细最好的葛丝做的布。
②香罗：罗是一种有孔的丝织品，香罗指罗的香味；叠雪轻，像雪花叠在一起那么轻。
③意内：指心里。
④称长短：指计算了一下衣服的大小。

译　文

端午佳节，皇上赐予我名贵的宫衣，恩宠有加。香罗衣是细葛纺成，柔软得风一吹就飘起，洁白的颜色宛如新雪。柔软的料子贴在颈上，凉凉的很舒服，天气热的时候，穿上它一定清凉无比。宫衣的长短均合心意，终身一世承载皇上的盛情。

赏析

本诗出自《全唐诗》。这是杜甫在757年5月，官拜左拾遗时所作。杜甫描写了端午节的风俗，实际上是描写了自己在做官之后的心情。“宫衣亦有名，端午被恩荣”是叙述端午节的风俗，与题目相对应。意思在说：在端午节时，皇上赐给我了名贵的官衣，在这样的佳节被恩宠。“细葛含风软，香罗叠雪轻”运用了典故，形容衣服的材料非常好。“自天题处湿，当暑著来清”，意思是说衣领部分好像天生就是润的，天气热的时候穿起来一定很凉爽。“意内称长短”中“称”有不拘平仄的意思。“称长短”是恰好称意的意思。这首诗语言风趣，运用了典故，表现了自己终于可以做官的心情，是对皇帝的感恩。

端午日

【唐】殷尧藩

少年①佳节倍多情，老去谁知感慨生。
不效艾符②趋习俗，但祈蒲酒话升平。
鬓丝日日添白头，榴③锦年年照眼明。
千载贤愚④同瞬息，几人湮没几垂名⑤。

【注　释】

①少年：年轻。
②艾符：艾草和驱邪符。
③榴：石榴花。
④贤愚：圣贤，愚蠢。
⑤垂名：名垂青史。

作者名片

殷尧藩（780—855），浙江嘉兴人。唐朝诗人。唐元和九年（814年）进士，历任永乐县令、福州从事，曾随李翱作过潭州幕府的幕僚，后官至侍御史，有政绩。他和沈亚之、姚合、雍陶、许浑、马戴是诗友，跟白居易、李绅、刘禹锡等也有往来。曾拜访韦应物，两人投契莫逆。他足迹很广，遍历晋、陕、闽、浙、苏、赣、两湖等地。性好山水，曾说：“一日不见山水，便觉胸次尘土堆积，急须以酒浇之。”著有诗集一卷，《新唐书艺文志》传于世。

译文

年少时，每逢佳节总爱生出许多情感，现在老了，谁还有心思平白无故去感慨万千。不想跟从效仿悬挂艾草和驱邪符的习俗，只希望饮一杯蒲酒，共话天下太平。

鬓发每天都增加白发，石榴花如红锦般夺目耀眼，年年都应节而开。可叹在岁月面前，圣贤也罢，蠢人也罢，都是瞬息过客，谁知道有几人湮没无闻，有几人名垂青史呢。

赏析

殷尧藩作此诗时已经年老，“不效艾符趋习俗”既是力不从心，也包含看透热闹背后空虚的无奈与悲凉。当时安史之乱已经过去，正是元和中兴前后，民间的生活处境虽然有所改善，但作者因为自身的年老体弱，又预见了晚唐时期宦官与藩镇冲突的必然，因此即使在端午，他也是懒散而痛苦，希望“蒲酒话升平”。

“千载贤愚同瞬息，几人湮没几垂名”，也正因为前文的叙述，他才发出了时光易逝、几人流芳的感慨。此诗相对悲观，但透过诗词的背后，我们却可以从作者的视角，窥见当时晚唐的一景。

竞渡诗

【唐】卢肇

石溪久住思端午，馆驿楼前看发机①。
鼙②鼓动时雷隐隐，兽头凌处雪微微。
冲波突出人齐譀③，跃浪争先鸟退飞。
向道是龙刚不信，果然夺得锦标归。

【注　释】

①发机：开始行动的时机。
②鼙（pí）：古代军中所用的一种小鼓，汉以后亦名骑鼓。
③譀（hàn）：吼叫，叫喊。

作者名片

卢肇（818—882），字子发，江西宜春文标乡（现属分宜）人，唐会昌三年（843年）状元，先后在歙州、宣州、池州、吉州做过刺史。卢肇政事之余，勤于笔耕，一生著述很多，有散文《李謩》，有《文标集》《屈堂龟鉴》《卢子史录》《逸史》《愈风集》《大统赋注》等一百几十卷。

译　文

在石溪住久了开始思念端午节时的场景，在驿馆楼前观看开始行动的时机。鼙鼓初击时似雷声，兽头吐威，万人冲破齐声呼喊，跳跃着的浪花与飞鸟争先恐后。多条船像龙一样地向前冲去，果然获得了锦标归来。

赏析

《竞渡》描绘了端午时节龙舟赛上，鼙鼓初击，兽头吐威，万人助喊，多船竞发的动人场景。

颔联采用“鼙鼓、兽头”渲染龙舟待赛的竞渡氛围，画龙点睛，以点带面；颈联采用“冲波、鸟退”衬托龙舟比赛的竞渡速度，视野开阔，以景衬人。

诗中表面描绘龙舟竞渡的场面，实则讽刺阿谀奉承的小人。万事都有改变的可能，开始风光的不一定始终风光，做人不能见风使舵，而要脚踏实地。

端午日礼部宿斋有衣服彩结之贶以诗还答

【唐】权德舆

良辰①当五日，偕老祝千年。
彩缕②同心③丽，轻裾映体鲜。
寂寥④斋⑤画省⑥，款曲擘香笺。
更想传觞处，孙孩遍目前。

【注　释】

①良辰：美好的时光。
②彩缕：彩色丝线。
③同心：相同的心愿。
④寂寥：寂静空旷，没有声音。
⑤斋：屋舍。
⑥画省：指尚书省。汉尚书省以胡粉涂壁，紫素界之，画古烈士像，故别称“画省”，或称“粉省”“粉署”。

作者名片

权德舆（759—818），字载之，天水略阳（今甘肃秦安东北）人，后徙居润州丹徒（今江苏镇江），唐朝文学家、宰相，前秦名臣权翼的后代，起居舍人权皋之子。权德舆少有才气，未冠时即以文章驰名，受地方节度使杜佑、裴胄的征辟。唐德宗听闻其才学，特召为太常博士，改左补阙兼知制诰，进中书舍人，历礼部侍郎，三次知贡举。唐宪宗时，累迁至礼部尚书、同平章事（宰相）。后因事罢相，历任东都留守、太常卿、刑部尚书、山南西道节度使等职。元和十三年（818 年），权德舆去世，年 60。获赠左仆射，谥号“文”。

译　文

正是端午的美好时光，祝愿老人能够活到一千年。衣服上都挂着带有共同心愿的彩色丝线，轻轻的衣裙衬托得身体更加美丽。尚书省内一片寂静，诚恳而又深情地举着信笺。更是想用畅饮来传递心中的愿望，满眼都是孙辈孩子的身影。

赏析

这首诗用朴素的语言写在端午节那天，礼部尚书房内的端午习俗。

开头写端午节时，相互祝福长命百岁的风俗。接着写衣服挂着带有共同心愿的彩色丝线，以示端午节风俗。接下来转而写到尚书省空寂无人的感触。

这首诗运用典故，进一步体现出了平淡中蕴含深永情味、朴素中具有天然风韵的特点。

和端午

【宋】张耒

竞渡[①]深悲千载冤，忠魂一去讵[②]能还。
国亡身殒[③]今何有，只留离骚在世间。

【注　释】

①竞渡：赛龙舟。
②讵（jù）：岂，表示反问。
③殒（yǔn）：死亡。

作者名片

张耒（1054—1114），字文潜，号柯山，亳州谯县（今安徽亳州市）人。北宋时期大臣、文学家，人称宛丘先生、张右史。诗学白居易、张籍，平易舒坦，不尚雕琢，但常失之粗疏草率；其词流传很少，语言香浓婉约，风格与柳永、秦观相近。代表作有《少年游》《风流子》等。张耒平生仕途坎坷，屡遭不幸，可他从未忘怀操写诗文，其著作被后人多次雕版印行，名为《柯山集》《张右史文集》《宛丘集》等。

译　文

龙舟竞赛是为了悲悼屈原的千载冤魂，但是忠烈之魂一去不返。国破身死后现在还有什么呢？只留下千古绝唱之离骚在人世间了！

〔赏析〕

北宋诗人张耒这首《和端午》诗凄清悲切、情意深沉。此诗从端午竞渡写起，看似简单，实则意蕴深远，因为龙舟竞渡是为了拯救和悲悼屈原的千载冤魂。但“忠魂一去讵能还”又是无限的悲哀与无奈。此句分明有着“风萧萧兮易水寒，壮士一去兮不复还”的慷慨悲壮，它使得全诗的意境直转而上、宏阔高远。于是三、四两句便水到渠成、一挥而就。虽然“国亡身殒”，灰飞烟灭，但那光照后人的爱国精神和彪炳千古的《离骚》绝唱却永远不会消亡。

己酉端午

【元】贝琼

风雨端阳生晦冥①，汨罗无处吊英灵②。
海榴③花发应相笑，无酒渊明亦独醒。

【注　释】

①晦（huì）冥（míng）：昏暗；阴沉，昏暗气象，出自《史记·龟策列传》。
②英灵：指屈原。
③海榴：石榴，古人以石榴传自海外，故名。

作者名片

贝琼（1314—1379），初名阙，字廷臣，一字廷琚、仲琚，又字廷珍，别号清江。约生于元成宗大德初，卒于明太祖洪武十二年，年八十余岁。贝琼从杨维桢学诗，取其长而去其短；其诗论推崇盛唐而不取法宋代熙宁、元丰诸家。文章冲融和雅，诗风温厚之中自然高秀，足以领袖一时。著有《中星考》《清江贝先生集》《清江稿》《云间集》等。

译文

端午突遇风雨天气昏沉阴暗，汨罗江上无人凭吊逝去的屈原。盛开如火的石榴花好像也在笑话我，陶渊明即使不喝酒，也一样仰慕屈原卓然不群的清醒。

赏析

诗人在端午节遇到风雨，天气昏暗，使得汨罗江上没有人祭奠屈原这位伟大的爱国者，屈原忠心为国却屡遭贬谪，怀才不遇，千年后的风雨还耽误了人们对屈原的祭奠和怀念，整个汨罗江上没有一处可以凭吊屈原英魂的地方。诗人心中不由得伤感起来，然而开放的榴花似乎在嘲笑诗人自寻烦恼。于是诗人只好自嘲地引用陶渊明的事迹，纵然陶渊明这样的纵情山水的隐士，对屈原的仰慕之情也丝毫未减。全诗在平淡的天气描写和议论中抒发情感。

浣溪沙·端午

【宋】苏轼

轻汗微微透碧纨[①]，明朝端午浴芳兰[②]。流香涨腻[③]满晴川。

彩线轻缠红玉臂，小符斜挂绿云鬟。佳人相见一千年。

【注 释】

①碧纨（wán）：绿色薄绸。

②芳兰：芳香的兰花。端午节有浴兰汤的风俗。

③流香涨腻：指女子梳洗时，剩下的香粉胭脂随水流入河中。

译 文

微微细汗湿透了碧色薄绸，明日端午节一定要浴兰汤。参与者人山人海，梳洗后剩下的香粉胭脂随水流入河中，布满河面。你将那五彩花线轻轻地缠在玉色手臂上，小小的符篆斜挂在发髻上。只祈愿能与相爱的人天长地久，白头偕老。

赏析

这首词主要描写妇女欢度端午佳节的情景。上阕描述她们节日前进行的各种准备，下阕刻画她们按照民间风俗，彩线缠玉臂，小符挂云鬟，互致节日的祝贺。全词采用对偶句式，从中能依稀看到一直尽职尽责地陪伴在词人左右的侍妾朝云的影子。

全词是篇民俗诗，充满了浓郁的古老民俗气息，是研究端午民俗最形象而珍贵的资料。

屈原塔

【宋】苏轼

楚[1]人悲屈原，千载意未歇[2]。
精魂飘何处，父老空哽咽。
至今沧江[3]上，投饭[4]救饥渴[5]。
遗风成竞渡，哀叫楚山裂。
屈原古壮士，就死意甚烈。
世俗安得知，眷眷不忍决。
南宾[6]旧属楚，山上有遗塔。
应是奉佛人，恐子[7]就沦灭。
此事虽无凭，此意固已切。
古人谁不死，何必较考[8]折。
名声实无穷，富贵亦暂热。
大夫[9]知此理，所以持死节。

【注　释】

①楚：楚国，楚地，如今的湖南湖北一带，也泛指南方。
②歇：停止，休止。
③沧江：泛指江河，江流，因为水为苍色，所以称“沧江”。沧，水深绿色，通“苍”。
④投饭：投下饭食喂河里的生物让它们吃饱了就不再吃屈原的遗体。古时荆楚之人有在农历五月初五将煮好的糯米饭和蒸好的粽子投入江中祭祀屈原的习俗。
⑤饥渴：饥饿的鱼龟虾蟹，属偏义复词，特指“饥”。
⑥南宾：忠州南宾县，如今的四川丰都。当时诗人事父入京做官，途经此地。
⑦子：指屈原，屈原的精魂。
⑧考：老，长寿。
⑨大夫：指屈原，屈原曾受楚怀王信任担任三闾大夫。

译文

楚地的人都为屈原感到悲哀，这种情感千百年来一直没有停止。他的精神魂魄飘到了什么地方？只留父老在哽咽哭泣。直到今天，在苍绿色的江流上，人们还投下饭食拯救饥饿的鱼龟虾蟹，不让它们吃屈原的尸体。遗留下来的风俗成了比赛划龙舟，人们哀叫的声音甚至要把楚地的山震裂。屈原是古时的豪迈之人，当时慷慨赴死的意图非常强烈。世上的俗人怎么能知道他这种想法呢，都以为屈原恋恋不舍，不愿意与这个世间告别。南宾县之前属于楚地，山上有留下来的古塔。这塔应该是侍奉佛祖的僧人担心屈原的精魂就要消散，所以修建的。这件事虽然没有凭据，但这份心意已经很真切了。古往今来的人有谁是不死的？没有必要去比较到底是长寿好还是死亡好。人的名声实在是不会消亡的，而身份财富只是短暂的荣盛。屈原正是知道这个道理，所以即使死也要保持自己的气节与节操。

赏析

和刘禹锡一样，苏轼也历经贬谪，在诸多不合时宜的心境中度过人生的大半光阴。不过写作此诗的嘉祐四年（1059年），苏轼还是意气风发的青年才士，两年前刚以21岁的年龄成为进士。本年冬苏轼事父入京，途经忠州南宾县（今四川丰都），看到这个与屈原毫无关系的地方竟建有一座屈原塔，惊异之余便写下了上面这首五言古诗。诗分三段：前八句写端午节投粽子、赛龙舟习俗与屈原的关系，次八句推测屈原塔的来历，末八句赞美屈原不苟求富贵而追求理想的节操。

端午即事[1]

【宋】文天祥

五月五日午，赠我一枝艾。
故人[2]不可见，新知[3]万里外。
丹心[4]照夙昔[5]，鬓发日已改。
我欲从灵均[6]，三湘[7]隔[8]辽海[9]。

【注　释】

①即事：就眼前之事歌咏。
②故人：古人，死者。
③新知：新结交的知己。
④丹心：指赤红炽热的心，一般以“碧血丹心”来形容为国尽忠的人。
⑤夙（sù）昔：指昔时，往日。
⑥灵均：形容土地美好而平坦，含有“原”字的意思。在这里指屈原。
⑦三湘：指沅湘、潇湘、资湘（或蒸湘），合称“三湘”。也可以指湖南一带。
⑧隔：间隔，距离。
⑨辽海：泛指辽河流域以东至海地区。

译　文

五月五日的端午节，你赠予了我一枝艾草。故去的人已看不见，新结交的朋友又在万里之外。往日一心只想为国尽忠的人，现在已经白发苍苍。我想要从屈原那里得到希望，只是三湘被辽海阻隔太过遥远。

〔赏析〕

文天祥德祐二年（1276年）出使元军被扣，在镇江逃脱后，不幸的是又一度被谣言所诬陷。为了表明心志，他愤然写下了这首《端午即事》。

在诗中端午节欢愉的背后暗含着作者的一丝无奈，但是即使在这种境况中，他在内心深处仍然满怀着“丹心照夙昔”的壮志。这首诗塑造了一位像屈原一样为国难奔波却壮志不已的士大夫形象。

乙卯①重五诗

【宋】陆游

重五山村好，榴花忽已繁。
粽包分两髻②，艾束著危冠③。
旧俗方储药④，羸躯亦点丹。
日斜吾事毕，一笑向杯盘。

【注　释】

①乙卯：指1195年，宋宁宗庆元元年，作者71岁，在家乡绍兴隐居。
②粽包分两髻（jì）：粽子有两个尖尖的角。古时又称角黍。
③危冠：高冠。这是屈原流放江南时所戴的一种帽子。
④储药：古人把五月视为恶日。

作者名片

陆游（1125—1210），字务观，号放翁，越州山阴（今浙江绍兴）

人，尚书右丞陆佃之孙，南宋文学家、史学家、爱国诗人。陆游一生笔耕不辍，诗词文俱有很高成就。其诗语言平易晓畅、章法整饬谨严，兼具李白的雄奇奔放与杜甫的沉郁悲凉，尤以饱含爱国热情对后世影响深远。有手定《剑南诗稿》85卷，收诗9000余首。又有《渭南文集》50卷、《老学庵笔记》10卷及《南唐书》等。书法遒劲奔放，存世墨迹有《苦寒帖》等。

译 文

端午节到了，火红的石榴花开满山村。诗人吃了两只角的粽子，高冠上插着艾蒿。又忙着储药、配药方，为的是这一年能平安无病。忙完了这些，已经是太阳西斜时分，家人早就把酒菜备好，他便高兴地喝起酒来。

赏析

这首诗开篇点题，将时间限定在“重五”（五月初五），将地点定格为“山村”。此时此地，无丝竹之乱耳，无案牍之劳形，有的只是节日的气氛，有的只是淳朴的民风。更何况，石榴在不知不觉间已经盛开了呢！此情此景，怎一个“好”字了得！

“当年万里觅封侯，匹马戍梁州”的诗人，今天终于暂时放下了满腹的忧愤，融入了节日的欢快气氛之中。瞧，他先吃了两角的粽子，再在高冠上插着艾枝。然后又依旧俗，忙着储药、配药方，为的是这一年能平安无病。到了晚上，他忙完这些事情，含着微笑喝起酒来了。

这首诗语言质朴，融写景、叙事、抒情于一体，那榴花繁多的山村风光，那江南端午的风俗习惯，那字里行间的闲适惬意，浮现在我们眼前，感受在我们胸间。没有装饰，所以诗美；没有做作，所以情真。这，就是诗人所说的“文章本天成，妙手偶得之”的写作境界。

南乡子·端午

【宋】李之仪

小雨湿黄昏。重午佳辰独掩门。巢燕引雏浑去尽，销魂。空向梁间觅宿痕。

客舍①宛如村。好事②无人载一樽。唯有莺声知此恨，殷勤。恰似⑧当时枕上闻。

【注 释】

①客舍：旅居的客舍。
②好事：喜悦的事情。

作者名片

李之仪（1038—1117），北宋词人，字端叔，自号姑溪居士、姑溪老农。沧州无棣（庆云县）人。他是北宋中后期“苏门”文人集团的重要成员，官至原州（今属甘肃）通判。其《卜算子·我住长江头》一首为后世称道并广为传诵。著有《姑溪词》1卷、《姑溪居士前集》50卷和《姑溪题跋》2卷。

译 文

端午佳节的黄昏被绵绵小雨浸润，我寂寞地独自轻掩门扉。梁间的燕子带着它的雏鸟全都离开了，面对如此冷清的雨夜怎不让人黯然销魂，只能徒劳地向梁间寻觅燕子往日栖息的痕迹，怀念一下往日热闹欢欣的时光。

旅居的客舍就好像乡野山村一样，有了喜悦的事情也没有人共饮一杯。这种没有知音好友分享陪伴的遗憾，只有黄莺的啼鸣了解，所以才用殷勤的鸣叫安慰我，就好像往日美好时光中在梦中、枕上听到的一样。

【赏析】

《南乡子·端午》是北宋词人李之仪的一首词，整首词即景生情，即事喻理，抒发了诗人在端午节的一种闲愁。

上阕写端午节的景象。端午节下着小雨，诗人独自一人，比较冷清，回忆往日的热闹时光。

下阕抒情，旅居在外的诗人在端午节没有友人的陪伴，喜悦的事情只有自己一人享受，表现出心中的寂寥、落寞之闲情。

整首词深婉含蓄，抒发自己孤独、寂寞的情感。

渔家傲[1]·五月榴花妖艳烘

【宋】欧阳修

五月榴花妖艳[2]烘，绿杨带雨垂垂重。五色新丝缠角粽，金盘送，生绡[3]画扇盘双凤。

正是浴兰[4]时节动，菖蒲[5]酒美清尊共。叶里黄鹂时一弄，犹瞢松[6]，等闲惊破[7]纱窗梦。

【注释】

①渔家傲：词牌名，源自唐张志和《渔歌子》，是歌唱渔家生活的曲子，宋初较为流行。双调六十二字，上下阕各五句五仄韵。

②妖艳：红艳似火。

③生绡（xiāo）：未漂煮过的丝织品。古时多用以作画，因亦以指画卷。

④浴兰：以兰汤沐浴，即用香草水洗澡。古人认为兰草能避不祥，故以兰汤洁斋祭祀。
⑤菖（chāng）蒲（pú）：一种水生植物，可以泡酒。
⑥瞢（méng）忪（sōng）：睡眼惺忪之貌。
⑦惊破：打破。

译文

五月是石榴花开得季节，杨柳被细雨润湿，枝叶低低沉沉地垂着。人们用五彩的丝线包扎多角形的粽子，煮熟了盛进镀金的盘子里，送给闺中女子。

这一天正是端午，人们沐浴更衣，想祛除身上的污垢和秽气，举杯饮下雄黄酒以驱邪避害。不时地，窗外树丛中黄鹂鸟儿的鸣唱声，打破闺中的宁静，打破了那纱窗后手持双凤绢扇的睡眼惺忪的女子的美梦。

赏析

本词上阕写端午节的风俗。用“榴花”“杨柳”“角粽”等端午节的标志性景象，表明了人们在端午节的喜悦之情。

下阕写端午节人们的沐浴更衣，饮下雄黄酒驱邪的风俗。后面紧接着抒情，抒发了一种离愁别绪的情思。

本词中写的闺中女子，给读者留下了想象的空间：享用粽子后，未出阁的姑娘，在家休息，梦醒后想出外踏青而去，抒发了闺中女子的情思。

端午三首

【宋】赵蕃

漫说[①]投诗赠汨罗，身今且乐奈渠何。
尝闻求福木居士[②]，试向艾人[③]成祝呵。

忠言不用竟沉死[④]，留得文章星斗罗[⑤]。
何意更觞昌歜酒，为君击节一长歌。

年年端午风兼雨，似为屈原陈昔冤。
我欲于谁论许事，舍南舍北鹁鸠喧。

【注　释】

①谩说：犹休说。
②木居士：木雕神像的戏称。
③艾人：端午节，有的用艾束为人形，称为“艾人”。
④沉死：沉江而死。
⑤星斗罗：星星一样永垂不朽。

作者名片

赵蕃（1143—1219），字昌父，号章泉，原籍郑州，南渡后侨居信州玉山（今属江西），南宋中期著名诗人、学者。赵蕃早岁从刘清之学，以曾祖旸致仕恩补州文学，调浮梁尉、连江主簿，皆不赴。为太和主簿，调辰州司理参军，因与知州争狱罢。时清之知衡州，求为监安仁赡军酒库以卒业，至衡而清之罢，遂从之归。后奉祠家居三十三年。年五十犹问学于朱熹。理宗绍定二年，以直秘阁致仕，同年卒，年八十七。谥文节。蕃诗宗黄庭坚，与韩淲（涧泉）有二泉先生之称。著作已佚，清四库馆臣据《水乐大典》辑为《乾道稿》2卷、《淳熙稿》20卷、《章泉稿》5卷（其中诗4卷）。事见《漫塘文集》卷32，《章泉赵先生墓表》，《宋史》445卷。

译 文

都说作诗是为了赠汨罗江，作为当今的快乐又奈何。我曾经听说对木雕神像祈求幸福，试着向艾人祝福啊！明明是忠言，却不被楚王采纳，最后落得个沉江而死的下场，但是留下的文章却像星星一样永垂不朽。再倒一杯昌歜酒？为屈原而击节歌唱吧！每年端午节都会下雨刮风，像是为屈原喊冤陈情。我想要找人谈谈这些心事，却只有屋舍南北的鹁鸠。

赏析

《端午三首》是南宋赵蕃的一组关于端午节的诗。

第一首诗是写端午节人们对屈原的祭念，表现了人们对屈原的同情。

第二首诗是端午时诗人对于屈原忠不见用沉江而死，但含有诗文传千古的感慨和惺惺相惜之感。

第三首诗是诗人端午时读历史有所感触，却找不到人倾诉。这里有一种可能是这个诗人也受到冤屈，跟屈原的处境相似。

减字木兰花·竞渡

【宋】黄裳

红旗高举，飞出深深杨柳渚。鼓击春雷①，直破烟波远远回②。

欢声震地，惊退万人争战气。金碧楼西③，衔得④锦标⑤第一归。

【注　释】

①春雷：形容鼓声像春雷一样响个不停。
②远远回：形容龙舟的速度之快。
③金碧楼西：领奖处装饰得金碧辉煌。
④衔（xián）得：夺得。
⑤锦标：古时的锦标，也就是一面彩缎的奖旗，一般都悬挂在终点岸边的一根竹竿上，从龙舟上就可以摘取到。

作者名片

黄裳（1044—1130），字勉仲，号演山、紫玄翁，延平（今福建南平）人，北宋著名文学家、词人。元丰五年（1082年）举进士第一，累官至端明殿学士。卒赠少傅。著有《演山先生文集》《演山词》。黄裳的词语言明艳，如春水碧玉，令人心醉，著有《演山先生文集》《演山词》，词作以《减字木兰花》最为著名，流传甚广。

译　文

竞渡的龙舟高高地挂起一面面红旗，从柳荫深处的水洲出击。鼓声像春天的雷电，冲破烟雾，劈开波涛，直奔远处夺标目的地。

围观人群的欢呼声震天动地，有惊退万人争战的豪气。在金碧辉煌的小阁楼西，夺得锦标的龙舟获得第一名回来了。

赏析

此词采取白描手法，注意通过色彩、声音来刻画竞渡夺标的热烈紧张气氛。同时，词还反映了人们热烈紧张的精神状态。龙舟飞驶，鼓击春雷，这是写参与竞渡者的紧张行动和英雄气概。欢声震地，是写群众的热烈情绪。衔标而归，是写胜利健儿充满喜悦的形象与心情。如此一来真实地再现了当日龙舟竞渡、观者如云的情景。

端午遍游诸寺得禅字

【宋】苏轼

肩舆[1]任所适，遇胜辄留连[2]。
焚香引幽步，酌茗开静筵[3]。
微雨止还作，小窗幽更妍。
盆山[4]不见日，草木自苍然。
忽登最高塔[5]，眼界穷大千。
卞峰[6]照城郭，震泽[7]浮云天。
深沉既可喜，旷荡亦所便。
幽寻未云毕，墟落生晚烟。
归来记所历，耿耿清不眠。
道人[8]亦未寝，孤灯同夜禅。

【注　释】

①肩舆（yú）：一种用人力抬扛的代步工具，用两根竹竿，中设软椅以坐人。
②胜：美景；辄（zhé）：总是，就。
③酌茗（míng）：品茶。静筵（yán）：指素斋。筵，酒席。
④盆山：指寺庙四面环山，如坐盆中。
⑤最高塔：指湖州飞英寺中的飞英塔。
⑥卞（biàn）峰：指卞山，在湖州西北十八里，接长兴界，为湖州之主山。
⑦震泽：太湖。
⑧道人：指僧人道潜，善诗，与苏轼、秦观为诗友，当时也在湖州。

译　文

乘坐小轿任性而往，遇到胜景便游览一番。在寺院里焚香探幽，品尝香茗与素斋。蒙蒙细雨时作时停，清幽小窗更显妍丽。这里四面环山，如坐盆中，难见太阳，草木自生自长，苍然一片。登上寺内最高的塔，放眼观看大千世界。卞山的影子映照在城郭上，太湖烟波浩渺，浮天无岸。像卞山这样深厚沉静当然喜欢，也喜欢太湖吞吐云天，无所不容的旷荡气度。游兴还没有结束，但村落中已经出现袅袅炊烟。归来后记下今天的游历，心中挂怀无法入眠。道潜也没有睡意，孤灯古佛，同参夜禅。

赏析

这是一首记游诗，写于元丰二年（1079年）的端午节，此时苏轼刚到湖州不久。诗的开头四句，直叙作者乘坐小轿任性而适，遇到胜景便游览一番。或焚香探幽；或品茗开筵，筵席上都是素净之物，以见其是在寺中游览，四句诗紧扣题目中的遍游诸寺。

"微雨"以下四句，转笔描绘江南五月的自然景色，蒙蒙细雨，时作时停，寺院的小窗，清幽妍丽，四面环山，如坐盆中，山多障日，故少见天日。草木郁郁葱葱，自生自长，苍然一片。苏轼本人对此四句诗很欣赏，自谓"非至吴越，不见此景"。这四句诗捕捉到了湖州五月的景物特点。

当诗人登上湖州飞英寺中的飞英塔时，放眼观看大千世界，笔锋陡转，又是一番境界：诗人进一步描绘了阔大的景物。"下峰照城郭，震泽浮云天"二句，写景很有气魄，既写出卞山的山色之佳，又传神地描绘出浮天无岸，烟波浩渺的太湖景象。此二句诗与"微雨"以下四句，都是写景的佳句。

写诗要能放能收。苏轼这首诗，在达到高峰之后，他先插入两句议论，以作收束的过渡，对眼前所见的自然美景，发表了评论，说他既欣赏太湖的那种吐吸江湖、无所不容的深沉大度，又喜爱登高眺远，景象开阔的旷荡。紧接此二句，便以天晚当归作收，却又带出"墟落生晚烟"的晚景来，写景又出一层。最后四句，又写到夜宿寺院的情景，看似累句，实则不然。与道人同对孤灯于古佛、同参夜禅的描写，正是这一日游的一部分。

贺新郎·端午

【宋】刘克庄

深院榴花吐。画帘开、束衣纨扇，午风清暑。儿女纷纷夸结束[①]，新样钗符艾虎[②]。早已有、游人观渡。老大逢场慵作戏[③]，任陌头、年少争旗鼓。溪雨急，浪花舞。

灵均标致[④]高如许。忆生平、既纫兰佩[⑤]，更怀椒醑[⑥]。谁信骚魂千载后，波底垂涎角黍。又说是、蛟馋龙怒。把似而今醒到了，料当年、醉死差无苦。聊一笑，吊千古。

【注　释】

①结束：装束、打扮。

②钗符艾虎：钗符，又称钗头符，端午节时的一种头饰。艾虎，旧俗端午节用艾作虎，或剪彩为虎，粘艾叶，戴以辟邪。

③逢场作戏：原指艺人遇到合适的地方就表演，后指嬉游的活动。慵（yōng）：懒得，表明“我”不想参加。

④灵均标致：屈原风度。屈原，字灵均。

⑤纫兰佩：连缀秋兰而佩于身，意谓品德高雅。

⑥椒：香物，用以降神。醑（xǔ）：美酒，用以祭神。

作者名片

刘克庄（1187—1269），初名灼，字潜夫，号后村，福建莆田市（今福建省莆田市）人，南宋诗人、词人、诗论家。刘克庄的诗属江湖诗派，作品数量丰富，内容开阔，多言谈时政，反映民生之作，早年学晚唐体，晚年诗风趋向江西诗派。词深受辛弃疾影响，多豪放之作，散文化、议论化倾向也较突出。作品收录在《后村先生大全集》中。

译文

深深的庭院里石榴花开得正艳。彩绘的帷帘敞开，我身穿粗麻衣服，手摇丝绢小扇。中午的清风驱散暑气，显得格外清亮。青年们纷纷炫耀自己的节日装束。头上插着钗头彩符，身上佩戴着艾草扎成的老虎。争先恐后地来渡口观看赛龙船。我年纪大了，不愿再去与人拥挤，只是站在远处观看。任凭那些年轻人摇旗擂鼓呐喊，船桨起伏，江面上浪花翻卷飞舞。屈原的精神千古永存，屈原的风致万世流传。他平生佩戴兰草以示芳洁，又怀揣香酒礼神肃穆。谁相信千载之后，他会在波涛之下垂涎角黍？说什么是怕蛟龙发怒，才把粽子扔进江中给蛟龙解馋。唉，这些传说是多么荒诞。假如他一直活到今天，倒不如醉死在当年，反而省去许多苦恼怨烦。想到这里便有兴作此词以为笑谈，凭吊一下屈原的英灵千古。

赏析

本词为端午节吊古之作，咏端午节的风俗人情，提起端午节自然联想到屈原。词人托屈原之事，抒自己的怨愤之情。上阕写端午节时当地的事物风光，少年们身穿盛装，争渡看龙舟，而词人却因年纪大，疏懒于此，这是情怀的不同。开头写石榴花开，点明季节。接下来写自己的轻闲自在，实质却有“闲愁最苦”的意味，要从反面理解。“任陌头”几句描绘年轻人争渡的场面，动态感很强。下阕赞颂屈原的品格，对端午节民众投粽的民俗予以批评，认为是对屈原的愚弄，有举世皆浊我独醒之慨。思致超妙而文笔诙谐，已开元曲先声。“把似”两句忧愤尤深，设想屈原今日觉醒，真不知做何感想。与其清醒而苦恼，还不如“醉死差无苦”。作者是个热血男儿，但在当时文恬武嬉，统治者苟且偷安而不思振作的世风中，只能长歌当哭而已。全词从院内写到陌头，是一幅端午风俗图，但深有寄托，暗含着年华已逝、壮志未酬的抑郁不平之情。

澡兰香·淮安重午

【宋】吴文英

盘丝[①]系腕，巧篆[②]垂簪，玉隐绀纱睡觉。银瓶露井，彩箑云窗，往事少年依约。为当时曾写榴裙[③]，伤心红绡褪萼[④]。黍梦[⑤]光阴，渐老汀洲烟蒻。

莫唱江南古调，怨抑难招，楚江沉魄。薰风燕乳，暗雨梅黄，午镜[⑥]澡兰帘幕。念秦楼[⑦]也拟人归，应剪菖蒲自酌。但怅望、一缕新蟾，随人天角[⑬]。

【注　释】

①盘丝：腕上系五色丝线。
②巧篆：精巧剪纸，妆饰于头发簪上。
③写榴裙：是指在红色裙上写字。
④红绡退萼（è）：石榴花瓣落后留下花萼。
⑤黍梦：指黄粱梦，典出唐沈既济的传奇小说《枕中记》。
⑥午镜：盆水如镜。
⑦秦楼：秦穆公女弄玉，与萧史吹箫引凤，穆公为之筑凤台，后遂传为秦楼。

译　文

情人手腕上系着五色丝线，篆文书写的咒语符篆戴在头上，以避邪驱疫。在天青色纱帐中，她睡得格外香甜。在庭院中花树下摆好酒宴，在窗前轻摇彩扇，当歌对饮，往日的美景历历在目。当时曾在她的石榴裙上题诗写词，今天窗外的石榴已经凋残，曾经的欢乐已逝，光阴似箭，沙洲上柔嫩的蒲草在风中摇曳，茫茫如一片青烟。

请不要再唱江南的古曲，那幽怨悲抑的哀曲，怎能安慰屈子的沉冤？春风和煦中燕子已生小燕，连绵细雨中梅子已渐渐黄圆。正午的骄阳正烈，美人是否也在幕帘中沐浴香兰？想她一定会回到绣楼，剪下菖蒲浸酒，自饮自怜。怅望中我仰望苍空，看那一弯新月冉冉升起，那清淡的月光伴随着我，来到这海角天边。

赏析

该词写于端午节，所以词中以端午的天气、习俗作为线索贯穿所叙之事和所抒之情。

“盘丝系腕，巧篆垂簪，玉隐绀纱睡觉”三句均为倒装句，从追忆往昔写起：过去每逢端午佳节这位冰肌玉肤的人儿总要早早推帐揽衣而起，准备好应节的饰物，打扮停当，欢度佳节。这里颠倒叙述次序，意在强调题面之“重午”。

“银瓶露井，彩箑云窗，往事少年依约”三句连用四个有色彩感的美丽事物，极精当地描绘出昔日的欢会，或在花前树下，或在华堂之中，环境固然美好，人亦年轻风流。“为当时曾写榴裙，伤心红绡褪萼”，词人见窗外榴花将谢，由榴花想到石榴裙，于是自然忆起在姬人裙上书写的韵事。石榴花谢，人分两地，乐事难再，不由得让人伤感。“黍梦光阴，渐老汀州烟蒻”，二句言时光易逝，盛衰无常，连烟都要变老，何况石榴花呢？因此，从景物的衰败中以见人事的变迁，但上阕结句点明的“渐老汀洲烟蒻”却是当令景象，风景不殊，更使人感慨人事全非。

“莫唱江南古调，怨抑难招，楚江沉魄”，这句自然联想到了和端午节有关的典故。端午节是纪念屈原的，后逢此节日便唱为他招魂的歌曲。上阕作者已沉浸在青春易逝的哀伤中，所以不忍再听招魂之曲。

“薰风燕乳，暗雨梅黄，午镜澡兰帘幕”，前两句以景物烘托时令。燕子春末夏初生雏，五月梅子黄，梅熟时雨曰黄梅雨。“午镜”也是当令物品。在端午日按习俗要高悬石炼镜。说是有驱鬼避邪的作用。“澡兰”，古代风俗，端午节人们要用兰汤洗浴。

作者看到家家帘幕低垂而引起午镜澡兰的联想，他想自己所思念的人这时也正在洗浴吧。此句又转回到端午，引出下两句："念秦楼也拟人归，应剪菖蒲自酌。"这两句写思念之深，不禁设想姬人也在思念自己，她一边独酌，一边盘算着，词人何时才能归来，这真是一幅逼真的思妇图。"但怅望、一缕新蟾，随人天角"，这两句说她的等待也是徒然。她只能同词人一样望着天边的新月，苦苦相思吧！结句用共望新月表达了词人无穷无尽的思念之情。

小重山·端午

【元】舒頔

碧艾香蒲处处忙。谁家儿共女，庆端阳。细缠五色臂丝①长。空惆怅，谁复吊沅湘②。

往事莫论量。千年忠义气，日星光③。离骚读罢总堪伤。无人解，树转午阴凉。

【注　释】

①五色臂丝：荆楚风俗，端午节以红、黄、蓝、白、黑五彩丝系臂，相传这五彩丝线代表着东、西、南、北、中五方神力，可以抵御邪祟灾瘟，人们称之为"长命线"。一说这五彩象征着五色龙，可以降服鬼怪。

②沅（yuán）湘：二水名，沅水和湘水的并称。沅水发源于贵州，湘水发源于广西，都经过湖南省注入洞庭湖。战国楚诗人屈原遭放逐后，曾长期流浪沅湘间。湘水支流中有汨罗江，为屈原自沉之处。

③日星光：出自屈原《九章·涉江》："与天地兮比寿，与日月兮同光。"这句是说屈原的忠义气节永不泯灭，就像太阳和星星的光辉一样。

作者名片

舒頔（1304—1377），字道原，绩溪（今属安徽省）人。擅长隶书，博学广闻。曾任台州学正，后时艰不仕，隐居山中。入朝屡召不出，洪武十年（1377年）终老于家。归隐时曾结庐为读书舍，其书斋取名“贞素斋”。著有《贞素斋集》《北庄遗稿》等。

译 文

到处采撷艾蒿、蒲草繁忙，谁家的青年男女，准备过端午节？五色丝带缠绕着手臂唱歌跳舞。我内心惆怅，还有谁在端午节追悼屈原？

过去的事不要评论衡量，屈原忠义气节，可与日月相比。读完了《离骚》总能感到悲伤。没有人理解我的心情，只有在树荫底下乘凉。

赏析

这首词蕴含了浓重的民族风味，描写的是荆楚之地的端午风俗。全词从“碧艾香蒲”入笔，“处处忙”道出了端午时节的忙碌。“儿共女，庆端阳”，描摹出一幅合家团圆共度佳节的温馨，刻画出了中华民族在节日之中共享天伦的乐趣。“细缠五色臂丝长”，缠五色臂丝是荆楚之地的一种民族风俗，是在端午节由孩子们将五色丝带缠在臂上，这种五色的臂丝又叫“朱索”或者“长命缕”，据说能够降服鬼怪，祈保平安。上阕的最后两句“空惆怅，谁复吊沅湘”，将全词开辟了一个新的境界，为下阕的悼念屈原奠定了基调，为抒情做了铺垫。“谁复吊沅湘”，交代了“空惆怅”的缘由，原来人们忙着过端午，只是一般性地喜庆，而忘却了这个特殊节日所蕴含的历史文化内涵，谁还记得那为爱国诗人屈原呢？作者有感而发，直指俗弊。在这热闹喜庆的节日里，诗人却“空惆怅”，与“庆端阳”的热闹形成鲜明的对比。

下阕直抒自己的感情，仍然运用了对比手法。就是写追悼屈子之情思了。“往事莫论量”，确实，千年已过，人们记住最多的不是屈子的《离骚》，而是汨罗江投河自尽的忠义气节。“千年忠义气，日星光”，日星本是天地的精华，终年不灭，将屈原的千古大义与日星之光相提并论，并不为过，大忠大义，理当被永世铭记。“离骚读罢总堪伤”，此一句不单单写出了对屈子大义的崇敬，还道出了文人的惺惺相惜。“无人解”，抒发了作者不为世俗理解的孤寂落寞情怀，也表达了对屈原忠义气节的崇敬。千年已过，便是何等的悲歌大义，又能被几人记得呢？便是记得，又有几人能解？“树转午阴凉”，以景结情，情在景中，是古诗词的常用收尾法。可以收到“曲终人不见，江上数峰青”的余韵缭绕的效果。作者的悲观绝望之情溢于言表。

午日处州[1]禁竞渡

【明】汤显祖

独写菖蒲竹叶杯，蓬城[2]芳草踏初回。
情知不向瓯江[3]死，舟楫何劳吊屈来。

【注释】

①处州：隋唐时旧名，明代为处州府，今浙江丽水市，辖遂昌、缙云、青田、龙泉等9县市。此诗当作于作者官遂昌知县任内。
②蓬城：即今浙江丽水城区，当时为处州府府治。
③瓯（ōu）江：浙江东南部的一条江，流经丽水，至温州入海。

作者名片

汤显祖（1550—1616），字义仍，号海若、若士、清远道人，江西临川人，明代戏曲家、文学家。汤显祖出身书香门第，早有才名，不仅于古文诗词方面颇精，而且能通天文地理、医药卜筮诸书。在戏曲创作方面，反对拟古和拘泥于格律。作有传奇《牡丹亭》《邯郸记》《南柯记》《紫钗记》，合称《玉茗堂四梦》，以《牡丹亭》最著名。在戏曲史上，和关汉卿、王实甫齐名，在中国乃至世界文学史上都有着重要的地位。他还是一位杰出的诗人，诗作有《玉茗堂全集》4卷、《红泉逸草》1卷、《问棘邮草》2卷。

译文

我刚刚从莲城踏青回来，只在家置备了菖蒲、竹叶和雄黄酒，我觉得这样就可以过端午了。我明知屈原不是沉溺在我们的瓯江，何必要劳民伤财以如此豪华的龙舟竞渡来凭吊屈原呢？

〔赏析〕

本诗主要描写了诗人面对赛龙舟的情景而生出对屈原的怀念。

汤显祖此诗写禁止竞渡，别具一格。但是，需要强调，汤显祖对屈原不是不尊敬。汤显祖歌咏屈原的诗句很多，其景仰之情，溢于言表。

据载，竞渡起于唐代，至宋代已相当盛行，明清时其风气更加强劲，从竞渡的准备到结束，历时一月，龙舟最长的十一丈，最短的也有七丈五，船上用各色绸绢装饰一新，划船选手从各地渔家挑选。汤显祖认为，这样的场面过于豪华，因此诗中加以表露。从诗中可见：一个清廉的地方官员，是何等爱护百姓的人力财力。

午日观竞渡

【明】边贡

共骇①群龙水上游，不知原是木兰舟②。
云旗猎猎翻青汉③，雷鼓嘈嘈殷④碧流。
屈子冤魂终古在，楚乡遗俗至今留。
江亭暇日堪高会⑤，醉讽离骚不解愁。

【注　释】

②骇（hài）：惊骇。
②木兰舟：这里指龙舟。
③青汉：云霄。
④殷：震动。
⑤高会：指端午节会船竞渡。

作者名片

边贡（1476—1532），字庭实，因家居华泉附近，自号华泉子，历城（今山东济南市）人，明代著名诗人、文学家。弘治九年（1496年）丙辰科进士，官至太常丞。边贡以诗著称于弘治、正德年间，与李梦阳、何景明、徐祯卿并称“弘治四杰”。后来又加上康海、王九思、王廷相，合称为明代文学“前七子”。其诗文，后人编为《边华泉全集》。

译文

在端午节这天，围在岸上的人们，惊骇地观看着群龙在水上嬉戏，不知道原来这是装饰成龙形的小船，船上、彩旗猎猎作响在空中翻飞，敲响的锣鼓喧闹震动清清的水流。从古到今屈原的冤魂不散，楚国的风俗至今仍存。闲暇的日子正适合在江亭喝酒聚会，诵读《离骚》，哪觉得其中的忧愁。

赏析

《午日观竞渡》是明代边贡的一首七言律诗，这首诗从端午节期间戏水，赛龙舟的风俗开始写起，触景生情，表明了对屈原的思念，对异乡的端午风俗的赞同，在闲暇的日子里总会有一丝丝闲愁。

首联是写端午节人们观看赛龙舟的场景，表现了端午节时期热闹的场面。颔联全面描写了龙舟的装饰、赛龙舟的热闹场面。颈联进而转向了对屈原的思念。在端午节这天，人们都会祭念屈原。距今已有2000多年的风俗至今仍然存在。尾联直接抒情，诵读《离骚》，吐露了诗人生活中的淡淡哀愁。

这首诗沉稳平淡，风格质朴，包含着诗人对爱国民众英雄的崇敬之情。

摸鱼儿·午日雨眺

【清】纳兰性德

涨痕添、半篙柔绿[1]，蒲梢荇叶无数。台榭空蒙烟柳暗，白鸟衔鱼欲舞。红桥路，正一派、画船箫鼓中流住。呕哑柔橹[2]，又早拂新荷，沿堤忽转，冲破翠钱雨[3]。

蒹葭渚[4]，不减潇湘深处。霏霏漠漠如雾，滴成一片鲛人泪，也似汨罗投赋。愁难谱，只彩线、香菰[5]脉脉成千古。伤心莫语，记那日旗亭，水嬉散尽，中酒阻风去。

【注　释】

①柔绿：嫩绿，此处代指嫩绿之水色。
②呕哑（ōu yā）柔橹（lǔ）：船行水面橹篙划水发出轻柔的水声。呕哑：拟声词，形容水声。
③翠钱雨：指新荷生出时所下的雨。翠钱：新荷的雅称。
④蒹葭渚（zhǔ）：长满芦苇的洲渚。
⑤香菰（gū）：即茭白。其食为菰米，亦称雕胡米，可食。

译　文

雨后水涨，嫩绿的水面已涨至半篙，蒲柳和荇叶无数。亭台楼榭迷蒙一片，柳枝暗沉，白鸟衔着鱼儿飞掠欲舞。画桥外，路幽长。画船齐发，箫鼓阵阵，在水中央流连。随着轻柔的划桨之声，船早已拂过新荷，沿着河堤忽转，冲破新荷生出时所下之雨。

长满芦苇的洲渚，丝毫不亚于潇湘深处。雨纷纷而下，迷迷蒙蒙，如雾一般，恰似鲛人的眼泪，亦如正作赋投江以凭吊屈原。愁意难以谱写，只是用彩线缠裹香菰以纪念屈原的习俗千古流传。一片伤心，沉默不语。记得那日在酒楼中，待到水上游戏做罢，人群散尽，我饮酒至半酣，迎风而行。

赏析

“涨痕添、半篙柔绿，蒲梢荇叶无数”，涨水后留下痕迹，水草丰茂，春景过渡到夏景的景象在词的开篇展露无遗。“台榭空蒙烟柳暗，白鸟衔鱼欲舞”，柳条随风舞动，如烟似梦，而白鹭捕鱼的姿势很是优美，犹如舞蹈一般。纳兰欣赏着这美好的景物，仿佛置身于画中一般，“红桥路，正一派、画船箫鼓中流住。呕哑柔橹，又早拂新荷，沿堤忽转，冲破翠钱雨”。上阕是写景，写出景色之美，而让读词的人也深陷其中，感受着这看似普遍，但却别有风味的景物，而到下阕开始，则是借景抒情了。

“蒹葭渚，不减潇湘深处”。愁绪蔓延开来，深深荡漾开去，而霏霏细雨，细密如针织，仿佛雾气一样笼罩在四空。“霏霏漠漠如雾。滴成一片鲛人泪，也似汨罗投赋”。如同泪雨一样，好似是在为投江自尽的屈原悼念默哀。纳兰心中的愁绪难以谱写，只有写入辞章，以来聊表心意，“愁难谱，只彩线、香菰脉脉成千古。伤心莫语”。无言以对伤心事，看到这美好景色，却难以提起兴致，虽然是借着祭奠屈原来写出心中惆怅，但其实纳兰祭奠的是自己那无法言说的哀愁。“记那日旗亭，水嬉散尽，中酒阻风去”。记住这美好的景象吧，不要总是记住过去悲伤的事情，那样只能苦了自己。

第六篇 七夕

迢迢牵牛星

【汉】佚名

迢迢牵牛星，皎皎河汉女。
纤纤擢素手①，札札弄机杼。
终日不成章②，泣涕零如雨。
河汉清且浅，相去复几许③。
盈盈一水间，脉脉不得语。

【注　释】

①纤纤：纤细柔长的样子。擢（zhuó）：引，抽，接近伸出的意思。素：洁白。
②章：指布帛上的经纬纹理，这里指整幅的布帛。
③相去：相离，相隔。去，离。复几许：又能有多远。

译　文

看那遥远而亮洁的牵牛星和皎洁而遥远的织女星。织女伸出细长而白皙的手，摆弄着织机（织着布），发出札札的织布声。因为相思而整天也织不出什么花样，她哭泣的眼泪如同下雨般零落。只隔了道清清浅浅的银河，两界相离也没有多远。相隔在清清浅浅的银河两边，含情脉脉相视无言地痴痴凝望。

〔赏析〕

《迢迢牵牛星》是汉代的一首文人五言诗，《古诗十九首》之一。此诗借神话传说中牛郎、织女被银河阻隔而不得会面的悲剧，抒发了女子离别相思之情，写出了人间夫妻不得团聚的悲哀。

他乡七夕①

【唐】孟浩然

他乡逢七夕，旅馆益羁愁。
不见穿针妇，空怀故国楼。
绪风②初减热，新月始临秋。
谁忍窥河汉③，迢迢④问斗牛⑤

【注　释】

①七夕：七月初七，民间的乞巧节。
②绪风：微小的风。
③河汉：为天上的银河。
④迢迢：形容遥远的意思。
⑤斗牛：星名。牵牛星。

译　文

身在他乡恰逢乞巧，看着所住途中旅店心中羁旅愁绪更甚。远离故土，不见妻子月下穿针，心中空空只余孤寂，怀念家乡。微风拂过带走盛夏的炎热，新月当空，初秋已快来临。是谁在忍着心中愁痛偷偷地看着银河？就是那遥远天际的牵牛星。

赏析

这是一首七夕抒怀之作。首联写愁，“他乡”一愁也，“七夕”二愁也，他乡逢七夕，则愁上加愁，所以诗人说“旅馆益羁愁”。领联写思，牛郎、织女尚有一年一度的七夕聚会，而诗人却远离妻子，只能空想家中妻子于乞巧楼穿针乞巧度七夕的情景，表现了诗人对家人的思念之情和羁旅他乡的孤独寂寞之感。颈联写秋，在直叙乡愁后接以初秋景物的描写，他乡愁，七夕愁，又加秋气愁，更增添了诗人的愁思，景因情凄，情缘景浓，情景交融，倍感悲凉。尾联的“谁忍”呼之欲出，顺理成章地结以反问，表明游子不敢抬头仰望天上斗牛，愁绪已到了无法排遣的极点。全诗语言平淡，情感深挚，意蕴醇厚，虽是见景即兴之作，写来却情真意切，写出了“每逢佳节倍思亲”的游子感受，明快自然。

壬申①七夕

【唐】李商隐

已驾七香车②，心心待晓霞。
风轻惟响珮，日薄不嫣③花。
桂嫩④传香远，榆⑤高送影斜。
成都过卜肆，曾妒识灵槎⑥。

【注 释】

①壬申：大中六年，时商隐在梓州柳仲郢幕。
②七香车：用多种香料涂饰的车。《太平御览·魏武帝与杨彪书》："今赐足下画轮四望通幰七香车二乘。"
③嫣（yān）：同"蔫"，蔫萎不鲜活。
④桂嫩：指初七夜新月半圆。
⑤榆：白榆。星名。
⑥槎（chá）：木筏。

译 文

难得等到七夕她已驾着七香车。刚刚两心相会又忧无情的晓霞。清风夜静，唯有玉佩的响声。日光微弱点吧，不要晒枯了艳丽的鲜花。月中的嫩桂，它把馨香传得更远。星间的高榆给人间送来舒适的影斜。她不想人间知道他们相会的事，因妒成都卜肆中有人能识别灵筏。

赏析

这首诗是大中六年（852 年）七夕作的。前六句讲的是牛郎织女相会的情景。一、二句讲的是织女已驾车渡河，与牛郎相会，他们相会之后，害怕此夜良时将逝，所以"起视夜何其”，直到太阳从东方升起。三、四句讲的是牛女相会时，牛郎好像听到了织女环佩的声音，又好像看见了她如花之貌，风轻轻地吹来，所以佩响轻微。日薄，所以花容不萎。想象织女于黄昏时动身离开，故曰“日薄”。五、六句讲的是月桂为他们传送嫩香，白榆为他们投影翳蔽，成就他们好合。

民联讲的是织女不想人间知道他们相会的事情，忌有成都卜肆中识灵槎的人。抒发了自己深切的感叹。末句讲的是双星不想人间知道他们的秘密，深怪成都占卜摊子上的严老头子懂得灵槎而多管闲事。从字面上看，只能作如上解说；至于还有什么特定的寓意，尚无有力证据，不敢妄言。

七　夕

【唐】李贺

别今朝暗，罗帷午夜愁。
鹊辞穿线月，花[1]入曝衣楼[2]。
天上分金镜[3]，人间望玉钩。
钱塘苏小小，更值一年秋[4]。

【注　释】

①花：黎简校作“萤”。
②曝（pù）衣楼：皇宫中帝后于七月七日曝衣之处。
③金镜：圆月。七夕，月未圆，故云“分金镜”，又借用陈代徐德言与妻子乐昌公主分镜的故事（《本事诗》），暗喻自己与所眷恋的女子不能团圆。
④更：《全唐诗》校一作“又”。一秋：即一年。

作者名片

李贺（790—816），字长吉。河南府福昌县昌谷乡（今河南省宜阳县）人，祖籍陇西郡。唐朝中期浪漫主义诗人，与诗仙李白、李商隐称为“唐代三李”，后世称李昌谷。作品慨叹生不逢时、内心苦闷，抒发对理想抱负的追求，反映藩镇割据、宦官专权和社会剥削的历史画面。诗作想象极为丰富，引用神话传说，托古寓今，被后人誉为“诗鬼”。李贺是继屈原、李白之后，中国文学史上又一位颇享盛誉的浪漫主义诗人，有“太白仙才，长吉鬼才”之说。

译　文

今夜银河云水迷茫，星汉闪烁，牛郎织女在鹊桥上相会，到了夜半，我在罗帷之中孤独地躺着，心中无限惆怅。新月悄悄升上天空，鹊群无可奈何地告别，鼓翅飞离而去。天色渐明，花木的影子映入我的晒衣楼。天上牛郎织女尚且可以如乐昌分镜散而有聚，人间的我啊，却只能仰望玉钩般的新月倾诉自己无奈的思念。远方的恋人啊，我该如何打发掉这孤独寂寞的一年。

〔赏析〕

全诗以构思的新奇、抒情的深细以及语言的工整稳帖见胜，与李贺歌诗常见的惊才绝艳、秾丽诡奇多少有些不同。他遣词造句均是生活中的常语，抒情含而不露，味而愈出。特别是章法构思之妙实足令人折服，全诗从夜半写到天明，又以牛女的相会映衬自身的孤处，天上人间，融处生哀，充分显示出作者过人的功力。

七 夕

【唐】白居易

烟霄①微月澹长空，银汉秋期万古同。
几许欢情与离恨②，年年并在此宵中。

【注 释】

①烟霄：云霄。
②欢情与离恨：神话故事，织女为天帝孙女，长年织造云锦，来到人间，自嫁与河西牛郎后，织造乃断。天帝大怒，责令她与牛郎分离，只准每年七夕（七月七日）相会一次。

译 文

抬头仰望明月长空，感慨漫漫历史长河中七夕与秋天都是一样的。每一年的这一天，牛郎与织女都体味着相聚的欢愉与离别的愁绪。

赏析

这首以牛郎与织女一年一度七夕相会为题材的小诗，抒发了钟情男女的哀怨与离恨，诗人对这对有情人寄予深深的同情。首句“烟霄微月澹长空”由写景入手。一弯残月挂在高高的夜空，显得孤寂凄凉。这为牛郎织女七月初七的相会提供了背景，同时渲染了一种气氛，这种气氛与人物的心境相合。通过首句对环境的描写，使读者即便不知道牛郎织女的故事，也会感悟到《七夕》令人感伤的基调。

“银汉秋期万古同”中“秋期”二字暗扣题面，“万古同”三字承上句意，表现了自然界银河天象的永恒状态。意思是说，“秋期”的银河总是“微月澹长空”，从而进一步渲染了凄凉的意境。另一方面也说，分居银河东、西两边的牛郎织女，一年之中只能怀着深长的情思隔银河相互眺望，“惟每年七月初七夜渡河一会”。这是多么可悲、可叹的故事！于是，诗人以咏叹的抒情笔调写道：“几许欢情与离恨，年年并在此宵中。”每年七夕，苦苦等待的有情人终于相聚在一起，说不尽绵绵情话，道不完思念爱慕之意；他们会珍惜分分秒秒难得的时光，温存相守，彼此慰藉，享受着无比的欢乐与幸福。遗憾的是良宵苦短，短暂的欢聚后，留给他们更多的则是无尽的相思和难耐的凄寂。相会的欢乐，离别的痛苦，这一切都发生在七月七日夜，由牛郎和织女来品味。

秋　夕

【唐】杜牧

银烛①秋光冷画屏，轻罗小扇扑流萤。
天阶②夜色凉如水，坐看③牵牛织女星。

【注　释】

①银烛：银色而精美的蜡烛。银，一作“红”。
②天阶：露天的石阶。天，一作“瑶”。
③坐看：坐着朝天看。坐，一作“卧”。

译 文

银烛的烛光映着冷清的画屏，手执绫罗小扇扑打萤火虫。夜色里的石阶清凉如冷水，静坐凝视天河两旁的牛郎织女星。

赏析

此诗写失意宫女生活的孤寂幽怨。

前两句已经描绘出一幅深宫生活的图景。“轻罗小扇扑流萤”，这一句十分含蓄，其中含有三层意思：第一，古人说腐草化萤，虽然是不科学的，但萤总是生在草丛冢间那些荒凉的地方。如今，在宫女居住的庭院里竟然有流萤飞动，宫女生活的凄凉也就可想而知了。第二，从宫女扑萤的动作可以想见她的寂寞与无聊。她无事可做，只好以扑萤来消遣她那孤独的岁月。她用小扇扑打着流萤，一下一下地，似乎想驱赶包围着她的孤冷与寂寞，但这是无用的。第三，宫女手中拿的轻罗小扇具有象征意义，扇子本是夏天用来挥风取凉的，秋天就没用了，所以古诗里常以秋扇比喻弃妇。这首诗中的“轻罗小扇”，即象征着持扇宫女被遗弃的命运。

“夜色凉如水”暗示夜已深沉，寒意袭人，该进屋去睡了。可是宫女依旧坐在石阶上，仰视着天河两旁的牵牛星和织女星。宫女久久地眺望着牵牛织女，夜深了还不想睡，这是因为牵牛织女的故事触动了她的心，使她想起自己不幸的身世，也使她产生了对于真挚爱情的向往。可以说，满怀心事都在这举首仰望之中了。

这首诗构思巧妙，语言质朴流畅，感情蕴藉婉约，艺术感染力很强，颇能代表杜牧七绝的艺术成就。从形式和结构上看，全诗描物写景与叙事抒情相结合，呈现出灵动之姿，颇为动人心魄。前者旨在为后者营造氛围，后者意在为前者规范意蕴，两者相互衬托融为一体。

辛未[1]七夕

【唐】李商隐

恐是仙家好别离，故教迢递[2]作佳期。
由来碧落[3]银河畔，可要金风玉露时[4]。
清漏[5]渐移相望久，微云[6]未接过来迟。
岂能无意酬乌鹊[7]，惟与蜘蛛乞巧[8]丝。

【注 释】

①辛未：唐宣宗大中五年（851 年）。
②迢递：遥远的样子。
③碧落：道教语谓天界，这里指天空。
④金风玉露时：指秋天牛郎织女相会之时。
⑤清漏：古代以漏壶滴漏计时，夜间清晰之滴漏声曰“清漏”。
⑥微云：天河中的云彩。
⑦酬：谢。乌鹊：相传农历七月七日，乌鹊搭成鹊桥渡牛郎织女相会。
⑧乞巧：农历七月七日晚，妇女在院中陈设瓜果，向织女星祈祷，请她帮助她们提高刺绣缝纫的技巧。《荆楚岁时记》称“有嬉子网于爪上者则以为得巧”。嬉子是蜘蛛的一种。

译 文

恐怕是仙人们喜欢别离，所以才叫人们长时间盼望相会的日期。从来上天布满彩霞直垂银河畔，何必硬要等待那金风四起玉露凝成之时？清辉随着时间的推移长时相望已久，接织女过河的微云恰恰涌现得迟。怎么会忘记不酬谢填河以渡的乌鹊，单给蜘蛛的偏爱向它乞求巧丝？

〔赏析〕

“恐是仙家好别离，故教迢递作佳期”，是借牛郎织女故事发端，表现人与人相遇的困难。从这两句诗中，可以隐约地体察到诗人的这种心情：他和令狐绹的隔膜已经很久，此次进京又经过了许多周折，费了许多唇舌。现在才渐渐有了转机，所以他觉得时间太长，但必定算有了希望，这便是“迢递作佳期”的含义，语中微露喜悦之情又暗寓自我调侃的意味。“由来碧落银河畔，可要金风玉露时”两句是说，佳人的相会要经过耐心的等待，需要在一定的良辰里才能实现。前句表地点，后句指时间。“清漏渐移相望久，微云未接过来迟。”描绘双方盼望相会时的焦急心情。这两句诗曲折地表现出作者在获得补太学博士的职务后，希望再有新的提升的渴盼。最后两句内容含量更大，思想感情也比较复杂。若再加以解析的话，前句是借用乌鹊填河成桥以渡织女的故事来暗喻自己是通过令狐绹的引荐搭桥才谋得官职的，当然有心意要感激报答其恩德。后句一转，意谓尽管如此，但所得到的仅仅是个微不足道的职位，只有再做别的打算了。联系李商隐后来的行踪，这两句诗的语意就更明白了。补太学博士后不久，李商隐就离开此职，到由河南尹改镇东蜀的柳仲郢幕府中任节度书记，十月改判上军，不久又升任检校工部郎中。这便可证明李商隐对令狐绹的举荐虽有一定的感激之情，但对其职位并不满意。他可能当时已在另寻出路，开始向“蜘蛛乞巧丝”了。

此诗的表现方法非常高明。诗人即事即景抒情，将有关节日的传说、习俗与自己的处境、思想感情巧妙地融合在一起，借彼言此，既是彼又是此，使二者妙合无垠、浑然一体。从表面意义来看，诗人是在写“七夕”节日的情景，从古老的传说故事到一直延续的民间风俗乃至于当时的客观景象都概括了进去。若仔细品味，诗人在这形象的描述中又寄托了很深的寓意，将自己当时丰富复杂的内心世界含蓄地倾述出来，缠绵委婉，余味无穷，具有很高的审美价值。

鹊桥仙·纤云弄巧

【宋】秦观

纤云弄巧[1]，飞星[2]传恨，银汉迢迢暗度[3]。金风玉露[4]一相逢，便胜却人间无数。

柔情似水，佳期如梦，忍顾[5]鹊桥归路！两情若是久长时，又岂在朝朝暮暮。

【注　释】

①纤云：轻盈的云彩。弄巧：指云彩在空中幻化成各种巧妙的花样。
②飞星：流星。一说指牵牛、织女二星。
③暗度：悄悄渡过。
④金风玉露：指秋风白露。
⑤忍顾：怎忍回视。

译　文

纤薄的云彩在天空中变幻多端，天上的流星传递着相思的愁怨，遥远无垠的银河今夜我悄悄渡过。在秋风白露的七夕相会，就胜过尘世间那些长相厮守却貌合神离的夫妻。

缱绻的柔情像流水般绵绵不断，重逢的约会如梦影般缥缈虚幻，分别之时不忍去看那鹊桥路。只要两情至死不渝，又何必贪求卿卿我我的朝欢暮乐呢。

赏析

这是一首咏七夕的节序词，起句展示七夕独有的抒情氛围，“巧”与“恨”，则将七夕人间“乞巧”的主题及“牛郎织女”故事的悲剧性特征点明，练达而凄美。借牛郎织女悲欢离合的故事，歌颂坚贞诚挚的爱情。结句“两情若是久长时，又岂在朝朝暮暮”最有境界，这两句既指牛郎、织女的爱情模式的特点，又表述了作者的爱情观，是高度凝练的名言佳句。这首词因而也就具有了跨时代、跨国度的审美价值和艺术品位。此词熔写景、抒情与议论于一炉，叙写牵牛、织女二星相爱的神话故事，赋予这对仙侣浓郁的人情味，讴歌了真挚、细腻、纯洁、坚贞的爱情。词中明写天上双星，暗写人间情侣；其抒情，以乐景写哀，以哀景写乐，倍增其哀乐，读来荡气回肠，感人肺腑。

鹊桥仙·七夕

【宋】苏轼

缑①山仙子，高清云渺，不学痴牛騃女。凤箫声②断月明中，举手谢、时人③欲去。

客槎④曾犯，银河微浪，尚带天风海雨。相逢一醉是前缘，风雨散、飘然何处？

【注　释】

①缑（gōu）山：在今河南偃师县。缑山仙子指在缑山成仙的王子乔。
②凤箫声：王子乔吹笙时喜欢模仿凤的叫声。
③时人：当时看到王子乔登仙而去的人们。
④槎：竹筏。

译 文

缑山仙子王子乔性情高远，不像牛郎织女要下凡人间。皎洁的月光中停下吹凤箫，摆一摆手告别人间去成仙。

听说黄河竹筏能直上银河，一路上还挟带着天风海雨。今天相逢一醉是前生缘分，分别后谁知道各自向何方？

赏析

这是一首送别词，题为七夕，是写与友人陈令举在七夕夜分别之事。

上阕落笔先写陈令举之风度，他高情云渺，缑氏山头的王子乔在风箫声声的新月之夜，没有望到家人，自己便飘然而去。与友人在七夕夜分别，词人自然想到牛郎织女，但陈令举不像他们那样痴心于儿女之情。

下阕想象友人乘坐的船只来到银河之中，当他回到人间时，就挟带着天风海雨。接着他评价二人的友谊能够相逢共一醉，那是前世有缘，当天风海雨飘飘散去之后，友人也将随风飘去。

行香子·七夕

【宋】李清照

草际鸣蛩[①]。惊落梧桐。正人间、天上愁浓。云阶月地[②]，关锁千重。纵浮槎来，浮槎[③]去，不相逢。

星桥鹊驾[4]，经年才见，想离情、别恨难穷。牵牛织女[5]，莫是离中。甚霎儿[6]晴，霎儿雨，霎儿风。

【注　释】

①蛩：蟋蟀。
②云阶月地：指天宫。
③浮槎：指往来于海上和天河之间的木筏。
④星桥鹊驾：传说七夕牛郎织女在天河相会时，喜鹊为之搭桥，故称鹊桥。
⑤牵牛织女：二星宿名。
⑥甚霎儿："甚"是领字，此处含有"正"的意思。霎儿：一会儿。

译　文

草丛中的蟋蟀鸣叫个不停，梢头的梧桐树叶似被这蛩鸣之声所惊而飘摇落下。由眼前之景，联想到人间天上的愁浓时节。在云阶月地的星空中，牛郎和织女被千重关锁所阻隔，无法相会。只能一年一次短暂相会，其余时光则有如浩渺星河中的浮槎，游来荡去，终不得相会聚首。

喜鹊搭桥，一年才能相见，牵牛织女星或许还是在离别之中未能相聚吧，猜想此时乌鹊已经将星桥搭起，可牛郎、织女莫不是仍未相聚。再看天气阴晴不定，忽风忽雨，该不是牛郎、织女的相会又受到阻碍了吧！

赏析

这首双调小令，主要借牛郎织女的神话传说，写人间的离愁别恨，凄恻动人。此词由人间写起，先言个人所见所感，再据而继之天上神话世界。全词以托事言情的手法，通过对牛郎织女悲剧故事的描述，表达了作者对牛郎织女的同情，并通过写牛郎织女的会少离多，抒发了对自己丈夫赵明诚的思念之情，形象地表达了词人郁积于内的离愁别恨。

鹊桥仙·七夕

【宋】范成大

双星良夜，耕慵织懒，应被群仙相妒。娟娟[1]月姊满眉颦，更无奈、风姨[2]吹雨。

相逢草草[3]，争如[4]休见，重搅别离心绪。新欢不抵旧愁多，倒添了、新愁归去。

【注　释】

①娟娟：美好的样子。
②风姨：传说中司风之神。原为风伯，后衍为风姨。
③草草：匆匆之意。
④争如：怎么比得上。这里是还不如的意思。

译　文

今夜是牛郎织女会面的好时光，这对相会的夫妻懒得再为耕织忙。寂寞的群仙要生妒忌了：娇美的月亮姐姐蹙紧了娥眉，风阿姨兴风吹雨天地反常。

相见匆匆忙忙，短暂的聚首真不如不见，重新搅起离别的忧伤。见面的欢乐总不抵久别的愁苦多，反倒又增添了新愁带回品尝。

赏析

“双星良夜，耕慵织懒，应被群仙相妒”，起笔三句点明时间为七夕，并以侧笔渲染。起笔通过对主角与配角心情之描写，烘托出一年一度的七夕氛围，扣人心弦。下韵三句，承群仙之相妒写出，笔墨从牛女宕开，笔意隽永。“娟娟月姊满眉颦，更无奈、风姨吹雨”，形貌娟秀的嫦娥蹙紧了蛾眉，风姨竟然兴风吹雨骚骚然。这些仙女，都妒忌着织女呢。织女一年才得一会，有何可妒？嫦娥悔恨偷灵药、碧海青天夜夜心可知，风姨之风流善妒亦可知，仙界女性之凡心难耐寂寞又可知，而牛郎织女爱情之难能可贵更可知。词情营造，匠心独运。

“相逢草草，争如休见，重搅别离心绪”，下阕着力刻画牛郎织女的心态。七夕相会，匆匆而已，如此一面，怎能错见！见了又只是重新撩乱万千离愁别绪罢了。词人运笔处处不凡，但其所写，是将神话性质进一步人间化。“新欢不抵旧愁多，倒添了、新愁归去”，结笔三句紧承上句意脉，再进一层刻画。三百六十五个日日夜夜之别离，相逢仅只七夕之一刻，旧愁何其深重，何其深重，何其有限。不仅如此。旧愁未消，反载了难以负荷的新恨归去。年年岁岁，七夕似乎相同。可谁知道，岁岁年年，其情其实不同。

二郎神·炎光谢

【宋】柳永

炎光谢①。过暮雨、芳尘轻洒。乍露②冷风清庭户，爽天如水③，玉钩遥挂。应是星娥嗟久阻，叙旧约、飙轮欲驾。极目处④、微云暗度，耿耿银河高泻。

闲雅⑤。须知此景，古今无价。运巧思、穿针楼上女，抬粉面、云鬟相亚。钿合⑥金钗私语处，算谁在、回廊影下。愿天上人间，占得欢娱，年年今夜。

【注　释】

①炎光谢：谓暑气消退。谢，消歇。
②乍露：初次结露或接近结露的时候。
③爽天如水：夜空像水一样清凉透明。爽天，清爽晴朗的天空。
④极目处：眼睛所能看到的地方。微云暗度：淡淡的云朵在不知不觉中慢慢移动。耿耿：明亮的样子。高泻：指银河高悬若泻。
⑤闲雅：娴静幽雅。闲，通“娴”。
⑥钿合：亦作“钿盒”。镶嵌金、银、玉、贝的首饰盒子。

译　文

夏天的暑气消退了，一阵黄昏雨过后，尘土一扫而空。刚结露的时候冷风清理了庭院。碧空如水，一弯新月挂在远远的天空。可能是织女叹息久与丈夫分离，为赴约会，乘驾快速的风轮飞渡银河。放眼望去，高远的夜空缕缕彩云飘过银河。明亮的银河高悬若泻。

娴静幽雅的夜空。要知道此情此景是多少钱也买不到的。闺楼上的秀女们在月光下望月穿针引线，向织女乞取巧艺。抬起粉面，云鬟低垂。猜一猜是谁在回廊的影下，交换信物，窃窃私语。愿天上人间、年年今日，都欢颜。

赏析

唐宋时男女选择七夕定情，交换信物，夜半私语，可能也是民俗之一。作者将七夕民俗的望月穿针与定情私语绾合一起，毫无痕迹，充分表现了节序的特定内容。词的上阕主要写天上的情景，下阕则主要写人间的情景。结尾的“愿天上人间，占得欢娱，年年今夜”，既总结全词，又点明主题。它表达了词人对普天下有情人的美好祝愿和人们对幸福生活的渴望，展示了作者热诚而广阔的胸怀。

鹧鸪天·当日佳期鹊误传

【宋】晏几道

当日佳期鹊误传①。至今犹作断肠仙②。桥成汉渚③星波外，人在鸾歌凤舞前。

欢尽夜，别经年。别多欢少奈何天。情知此会无长计，咫尺凉蟾亦未圆。

【注　释】

①鹊误传：神话传说，织女自归牛郎，两情缠绻，到女废织，男荒耕。天帝怒，责令织女归河东，使不得与牛郎相会。后悔，令鹊传信，许二人七日得会一次。惟鹊误传为一年之七夕，使二人尝尽相思之苦。织女后知鹊误传，恨极，而髡鹊。鹊知己失言，故于七夕，群集河汉架梁以渡织女。

②断肠仙：特指天上的牛郎和织女。

③汉渚：天上的银河岸边。汉，河汉，星河，银河，天空中由无数星星组成的光带。渚，洲渚，水中小块土地，此处指岸边。

作者名片

晏几道（1038—1110），字叔原，号小山，抚州临川文港沙河（今属江西省南昌市进贤县）人，晏殊第七子，北宋著名词人。词风似父而造诣过之。工于言情，其小令语言清丽，感情深挚，尤负盛名。表达情感直率。多写爱情生活，是婉约派的重要作家。有《小山词》留世。

译文

由于当初鹊鸟误传了相会的日子，牛郎和织女至今仍是愁苦不已的神仙。鹊桥在天上的银河岸边形成，人则在轻歌曼舞之中。

七夕时欢娱 夜，之后却分别一年。离别多而欢娱少又能拿上天怎么样？或是心知此次相会不长久，眼前的月亮也没有圆满。

赏析

此词开篇即言“佳期误传”，虽未将情事具体写出，为之断肠的情绪却可从“凉蟾亦未圆”所透出的缱绻中体味出来。接着，下阕的“欢尽夜，别经年。别多欢少奈何天”三句抒发无可奈何的感慨：牛郎、织女盼望一年才能一次相逢，七夕一夜纵然可以尽情欢乐，却抵挡不了三百六十四天的离别相思之苦，明明知道它不公平、不合理，可就是没法改变这样的事实。这不能解决的矛盾、不能愈合的创伤及不能消除的恨事无不透出七夕故事的“悲剧性”。与“身无彩凤双飞翼，心有灵犀一点通”是悲感中有幸福的慰藉相比，“情知此会无长计，咫尺凉蟾亦未圆”是哀痛之极时的心灰意冷。

全词以“星波”“凉蟾”等构成的“奈何天”写情人心理空间中的景致，又将其融于情致的抒发中，以强烈对比而造成艺术效果，如“欢尽夜”与“别经年”，“桥成汉渚星波外”与“人在鸾歌凤舞前”，而最主要的则是强烈的情意受到强烈的阻碍所造成的心情对比。

小重山·七夕病中

【宋】吕渭老

半夜灯残鼠上檠[①]。上窗风动竹，月微明。梦魂偏记水西亭。琅玕碧，花影弄蜻蜓。

千里暮云平，南楼[②]催上烛，晚来晴。酒阑[③]人散斗西倾。天如水，团扇扑流萤[④]。

【注 释】

①檠：灯架。
②南楼：水西亭的南楼。
③酒阑：谓酒筵将尽。
④流萤：指飞行不定的萤火虫。

作者名片

吕渭老（生卒年不详），一作吕滨老，字圣求，嘉兴（今属浙江）人。宣和、靖康年间在朝做过小官，有诗名。南渡后情况不详。赵师岌序其词云："宣和末，有吕圣求者，以诗名，讽咏中率寓爱君忧国意。""圣求居嘉兴，名滨老，尝位周行，归老于家。"今存《圣求词》一卷。

译 文

半夜残烛灯光微弱，一只老鼠慢慢爬过灯架。月色微明，院内风吹竹动的剪影，模糊的映照到窗纸之上。思绪突然飘回到那年的七夕聚会上。水西亭边，当时时值傍晚，夕阳返照，亭边翠竹森森，几只蜻蜓在花影中嬉戏翻飞。

迷茫的夜色中，一望千里，薄云正在天地相接处延伸、涂抹。天色已经暗淡下来，主人立即催促僮仆迅速点上灯烛，觉得今夜天公作美可观星。酣饮美酒，一直到了斗星倾斜的深夜，然后才陆续告辞而去。澄碧的天空犹如一池清水，女子皆手执绫罗小扇扑打萤火虫。

赏析

该词是词人写自己正在病中，恰逢是年七月初七，当夜心潮起伏，久不成寐；然后，忽于梦中到了水西亭旧地，恍如又与友人聚首，欢度七夕。

上阕首句“半夜灯残鼠上檠”用以动显静之笔，既烘托出了夏夜之静谧，更透露了不眠人内心的无聊。他复将双目转向床前窗棂一瞥，只见“上窗风动竹，月微明”。从中又暗示出词人心绪亦由浮躁不安而开始转为平和宁静。于是，他很快地不知不觉入梦了，以下便全写梦境，他入梦之前所遇到的是一个令人不愉快的七夕之夜，入梦之后却换成了一番欢乐景象。“梦魂偏记水西亭”，词人的梦魂来到“水西亭”，时值傍晚，夕阳返照，“琅玕碧，花影弄蜻蜓”。这实际上是他记忆中的亭边景色。梦中出现如此优美景色，无疑是由于“上窗风动竹”实景所诱出的，一实一虚，相互辉映，境界格外幽静清爽。

下阕继续梦中幻觉。“千里暮云平”，这句紧接上面的近景描写，一下推了开去，闪出了当日即将入夜时目所能及的远方景象。“南楼催上烛，晚来晴”，因为天色已经暗淡下来，主人立即催促僮仆迅速点上灯烛，以迎候嘉宾光临；“晚来晴”，表明宾主相见时都称许今夜天公作美，便于仰观牛女“银河迢迢暗度”的情景。“酒阑人散斗西倾”，这一句正面写当年七夕，词人和他的酒侣诗朋，在南楼酣饮，一直到了斗星倾斜的深夜，然后才陆续告辞而去。这一七字句，言约而意丰，叙写集中而形象。当酒侣诗朋走完之后，他仰望天空，“天如水”，即澄碧的天空犹如一池清水。他雅兴未已，走出亭外，观看那些等着向织女星乞巧的小姑娘们正“挥舞团扇扑流萤”。

菩萨蛮·七夕

【宋】陈师道

东飞乌鹊①西飞燕，盈盈②一水经年见。急雨洗香车③，天回④河汉斜。

离愁千载上，相远长相望。终不似人间，回头万里山。

【注　释】

①乌鹊：喜鹊。
②盈盈：形容清澈。
③香车：泛指古代贵族妇女的专车。这里指织女所乘之车。
④天回：天旋，天转。

译　文

七夕佳节喜鹊和飞燕纷纷前来架桥，被银河阻隔的牛郎织女一年才能再相见。急雨冲刷着织女所乘之车，天旋银河斜。

千载悠悠，离愁绵绵，虽然相隔遥远仍能遥遥相望。不像在人世间，回头望去只有巍巍群山。

赏析

词的上阕写七夕牛郎织女相会的情景。起句“东飞乌鹊西飞燕，盈盈一水经年见”，是说平日牛郎织女在天河两侧，不得相见，只有到了每年七月七日，才能由乌鹊架桥，在天河相会。“东飞乌鹊西飞燕”，描述喜鹊和飞燕纷纷前来架桥的忙碌场景，这也是让牛郎织女克服“盈盈一水”的阻隔而相会聚首的唯一条件。经年不见，只能隔河对泣；此时相逢，相见自然恨晚。“急雨洗香车，天回河汉斜”，衬托了两人盼望见面的急切心情，也隐含了历经劫难的艰苦历程。

下阕以“离愁千载上”换头，抒发天上“不似人间”的感喟。牛郎织女的悲剧，其核心是有情人不能成眷属，千载悠悠，离愁绵绵。远隔天一方，“相远长相望”，这是何等的憾事。但是，“相远”犹能“长相望”，“人间”却“回头万里山”，连“长相望”亦不得，这种“终不似”就显得越加沉痛了。得到这个结论以后，“回头万里山”，对坎坷不平的人间，一种夹杂着钦羡和惆怅的复杂心情不免油然而生。

菩萨蛮·七夕

【宋】苏轼

风回仙驭①云开扇②。更阑③月坠星河转④。枕上梦魂惊⑤，晓檐疏雨零。

相逢虽草草⑥，长共天难老⑦。终不羡人间，人间日似年。

【注 释】

①仙驭：指风伯、云师驾车而来，意即风起云涌，天气发生了变化。
②云开扇：遮掩太阳的云移开了。
③更阑：更残，五更天。阑，所剩无几。
④星河转：谓银河斜转，表示夜深。

⑤惊：惊醒，醒过来。
⑥草草：匆忙。
⑦长共天难老：永远和天一同存在，不会老死。

译 文

黑夜即将过去，太阳即将出现。五更天时银河斜转月落大地。牛郎织女从梦魂中惊醒过来，泪涕纵横，天上落下了细小的雨点。

牛郎和织女虽然匆匆相会，又匆匆离别，但牛郎和织女永远和天同在。他们始终不羡慕人间的生活，因为人间烦恼太多了，日子难过。

赏析

此词上阕写七夕之夜牛郎织女的依恋难舍之绵绵深情。“风回仙驭云开扇，更阑月坠星河转”，渲染了牛郎织女此时月落人散的时空气氛：旋风吹，仙车奔，扇云开，面临苍凉环境；时过五更，月落大地，星河转移，逼近分手时光。“枕上梦魂惊，晓檐疏雨零”，细腻描绘了牛郎织女如梦初醒、梦魂惊叹、涕泪纵横的神态。“梦”“晓”二字贯穿上阕，颇有“柔情似水，佳期如梦，忍顾鹊桥归路”（宋代秦观《鹊桥仙》）的难言愁思。

下阕写七夕之晨牛郎织女分手后伤离恨别的心态。“相逢虽草草，长共天难老”，承上一转，妙笔生灵。纵然一夕相逢，来去匆匆，相会短暂，但是共天久长的仙界的牛郎也好，织女也好，两情久长，岂在朝朝暮暮。生命是永恒的，青春是不衰的。这正是天界令人神往的地方。“终不羡人间，人间日似年”，东坡用了一

个顶真手法，透过一层，道出了“天难老”的妙谛和东坡内心难言的余悸：牛郎织女虽然一年只有一次相会时间，但终究比人间美好，人间不值得羡慕，因为人间烦恼太多了，度过一天好像熬过一年那样长久、艰难。最后两句，文彩似乎不浓，却道出了人生的深奥哲理，令人回味。

鹊桥仙·富沙①七夕为友人赋

【宋】赵以夫

翠绡②心事，红楼欢宴，深夜沉沉无暑。竹边荷外再相逢，又还是、浮云飞去。

锦笺③尚湿，珠香未歇④，空惹闲愁千缕。寻思不似鹊桥人，犹自得、一年一度。

【注　释】

①富沙：地名，即古建瓯县城，为词人任职所在之地。
②翠绡：疏而轻软的碧绿色的丝巾，古代女子多以馈赠情人。
③锦笺：精致华美的信纸。
④珠：珍珠镶嵌的首饰，是“再相逢”时的赠物。歇：消散。

作者名片

赵以夫（1189—1256），字用父，号虚斋，福建省福州府长乐市（今福建省福州市长乐区）人。南宋嘉定十年（1217年）进士。历知邵武军、漳州，皆有治绩。嘉熙元年（1237年），为枢密都承旨兼国史院编修官。二年，知庆元府兼沿海制置副使，四年，复除枢密都承旨，淳祐五年（1245年），出知建康府，七年，知平江府。以资政殿学士致仕。有《虚斋乐府》。

译 文

佳人的心事有谁能够知晓呢！与他初次相遇是在自己的小红楼那次宴会，那是个天凉暑退、夜色沉沉的难忘之夜。竹韵荷风，多么美丽、幽僻的场所，二人初通情爱之后的再度相逢。短暂相会很快过去了，就像空中飘浮的云彩，刹那间消逝得无影无踪，一去而不复返了。

泪珠滴落，湿润了精美的信笺；小楼中仍然弥漫着珠饰的香气。然而往事如过眼烟云，旧情终难以续，苦苦思恋的结果呢，却不过是徒增烦恼而已。牛郎织女银河相阻，尚有每年七夕鹊桥相会，可是自己却与情人永无相见之日。

赏析

这首词是为友人写的伤离之作，抒写作者对歌伶乐伎及其所代表的那个社会阶层不幸女性们的深切同情。该词上阕写欢情，下阕写离恨，中间用“又还”句过渡，铺排得体，结构紧密。上下阕互相映衬，中心十分突出。全词笔淡而情浓，是篇较有特色的作品。

“翠绡心事，红楼欢宴，深夜沉沉无暑”是说在初秋日，天凉暑退，夜色沉沉。在她的小楼中，在七夕的宴席上，她偷偷地赠给他一条碧色的丝巾，表达她内心的情意。这一句寥寥数字勾勒出情事的美好：节日、时间、地点、天气到人物，无不美好，让人难以忘怀。“竹边荷外再相逢”句则是说这是暗通情愫之后的一次幽会，地点在荷塘附近的丛竹旁边。前者席上初逢，只能借物传情，这回则可以尽情地互诉衷曲了。但是，作者的笔锋一转，

传达的情意变了。如果说前一句是美好的幸福，这一句则是暗含惆怅，因为在苦苦盼望之后的相会是那么匆匆逝去，就像“浮云飞去”一样，不能不令人无奈、愁苦。这两句对往昔的回忆，自然引出下阕的千缕闲愁，万种情思。

“锦笺”二句，睹物怀人，叹惋无尽。锦笺，精致华美的信纸，是她捎来的信笺。珠，珍珠镶嵌的首饰，是“再相逢”时的赠物。二句写欢聚已逝只能面对她情意绵绵的信和尚带余香的赠物空自追念，低回不已。一“尚”、一“未”，写记忆犹新，前情在目，上承情事，下启愁怀。锦笺墨迹未干，珠饰还散发着她的香气，而往事浮云，旧情难续。万种愁怀，由“空惹”一句道出。说“空惹”，或许是由于信物尚存，难成眷属；或许是由于旧情未泯，人已杳然。总之，这在封建社会是常见的爱情悲剧。悲剧已成，“锦笺”“珠香”，于事无补：“闲愁千缕”，也是自寻烦恼罢了。但是，惹出“闲愁千缕”的，不仅是她的所赠，还有七夕这个敏感的夜晚以及跟它有关的神话传说。

第七篇

中秋节

中秋月二首·其二

【唐】李峤

圆魄①上寒空，皆言四海同。
安知②千里外，不有雨兼风？

【注 释】

①圆魄：指中秋圆月。
②安知：哪里知道。

作者名片

李峤（644—713），字巨山，赵州赞皇（今属河北）人，唐代诗人。李峤对唐代律诗和歌行的发展有一定的作用与影响。他前与王勃、杨炯相接，又和杜审言、崔融、苏味道并称“文章四友”。

译 文

夜空中升起一轮明月，都说每个地方都是一样的月色。
哪里知道远在千里之外，就没有急风暴雨呢？

赏析

这首五言绝句，写此地有月光，彼地有风雨，意在风雨，而非赏月。李峤其人曾三度任职宰相，对政坛的风云变幻自然十分敏感——高空中一轮明月照射大地，众人都说今夜各处的月光都一样明亮；可是谁能晓得千里之外，无雨骤风狂？这首诗以咏月为题，揭示了一个真理：世上的事千差万别，千变万化，不可能全都一样。正如中秋夜，此处皓月当空，他处却风雨交加。

八月十五日夜湓亭望月

【唐】白居易

昔年[①]八月十五夜，曲江池畔杏园边。
今年八月十五夜，湓浦[②]沙头水馆前。
西北望乡何处是，东南见月几回圆。
昨风一吹无人会，今夜清光似往年。

【注 释】

①昔年：往年，从前。

②湓（pén）浦：今名龙开河。源出江西瑞昌西南青山，东流经县南至九江市西，北流入长江。

译 文

往年八月十五的夜晚，在京城中的曲江池畔杏园边欢度佳节。

今年八月十五的夜晚，却是在被贬后的湓浦沙头水馆前度过。

向着西北望也看不到家乡，人在东南看见月亮又圆了好几次。

昨天的秋风吹过无人理会这凄凉的秋意，今晚清朗的月光还似以往。

赏析

本诗以对比的手法，抒发物是人非、今昔殊异的慨叹。

前四句是对比。同样是在八月十五的明月之夜，过去他在曲江杏园边赏月，曲江是京城长安的风景胜地，也是唐代的皇家御园，杏园在曲江边，朝廷经常在杏园举办宴庆活动。白居易作为左拾遗，官虽不大，但也有机会参加皇家宴会。八月十五，在繁华的曲江

杏园赏月饮酒，他的心情无疑是欢畅的。作为强烈对比的，今年他已经被贬到江州来了，无论是环境还是心情，都形成了极大的反差。

后四句抒发思乡之情。在环境不利、心情低落时更容易想起故乡，何况是在中秋月圆之夜。从“东南见月几回圆”可以看到，首句说的“昔年”不能理解为“去年”，而是“几年前”，写这首诗时，他在江州已经有几年了。从中也能看到白居易还是在江州。他还是像去年一样处在苦闷之中，还是像去年一样思念他的故乡和亲人。末二句“临风一叹无人会，今夜清光似往年”，表达了一种历经磨难之后极其复杂的心理状态。全诗通过昔之乐与今之苦、昔之欢与今之忧的鲜明比照，表露了谪居生活中的愁闷。

八月十五夜桃源玩月

【唐】刘禹锡

尘中见月心亦闲，况是清秋仙府间。
凝光悠悠寒露坠，此时立在最高山。
碧虚无云风不起，山上长松山下水。
群动悠然一顾中，天高地平千万里。
少君[①]引我升玉坛，礼空遥请真仙官。
云拼欲下星斗动，天乐一声肌骨寒。
金霞昕昕渐东上，轮欹影促犹频望。
绝景良时难再并，他年此日应惆怅。

【注　释】

①少君：是指能和神仙沟通的人。西汉武帝时有一个方士叫李少君，他自言见过神仙，能得长生不老之法，骗取了汉武帝的信任。以后人们就以“少君”代指游仙的向导。

译 文

平时在红尘中见到月亮，心都能清静下来，何况是在这清秋时节的神仙洞府间？凝聚起来的光芒悠悠地像寒露坠落下来，而我此刻站在桃源的最高处。碧空之中没有一丝云彩，风也不见一缕，可以看见山上高高的松树和山下的流水。那些行动的物体全在视野之中，天那么高，地那么平，仿佛可以看见千万里之外："少君"把我带到了玉坛之上，远远地施礼请仙人相见。云彩聚集，星斗挪动，仙乐奏响，让人肌骨寒肃。金色的霞光从东面渐渐升起，月轮西斜，仙影远去，我还在频频回望。只因为良辰美景难以再回来，以后到了中秋这天应该很惆怅吧！

赏析

这首诗共十六句，每四句一韵，每一韵又是一个自然段落。第一段写桃源玩月，有月之景，有玩之情；第二段写八月十五夜色，以月光朗照下的天地山水反衬中秋之月；第三段浪漫畅想，写欲仙之感，由景及情，生发自然；最后一段从畅想中拽回，写日出月落，更就"绝景良时"抒发情感，表达出桃源别后，难再重游一意。全诗景物随时而变，情调随景而移，有起伏跌宕之感。

这首诗表面上可以归入游仙诗，把中秋之夜写得如梦如幻。尤其"凝光悠悠寒露坠，此时立在最高山"一句已经成为中秋时节人们常用的佳句。至于其他欣赏者怎么理解，可以说百人百解。有联系刘禹锡仕宦失意，解释后半部分是以仙宫比喻朝廷，盼望早日回归；也有把前半部分解释为用"寒露坠"代指人生祸福无常，说这是刘禹锡对人生的感慨之作。也许这种种理解，正好体现了"诗豪"作品多彩的艺术魅力。

秋宵月下有怀

【唐】孟浩然

秋空明月悬，光彩露沾①湿。
惊鹊栖未定，飞萤卷帘②入。
庭槐寒影疏，邻杵③夜声急。
佳期④旷何许，望望⑤空伫立。

【注　释】

①沾：润湿。

②帘：即竹帘，可以卷起，故称卷帘。

③杵（chǔ）：舂米、捣衣用的棒槌。此用作动词，指捣衣。

④佳期：原指与佳人相约会，后泛指欢聚之日。

⑤望望：望了又望。

译　文

秋天的夜空明月高悬，月光映上露珠晶莹剔透，好像被露水打湿了一样。被惊起的寒鹊不知道该到哪里栖息，萤火虫循着那灯光从卷帘飞入屋内。院子中只剩枝丫的槐树落在月光下的影子，稀疏凄凉，而这个时候从邻居那边传来的杵声在秋夜里显得那么清晰急促。你我相隔遥远，如何去约定相聚的日子，只能久久地惆怅地望着同样遥远的月亮。

赏析

这是一首抒情诗，描写诗人在凝视那一轮明月时的感怀：似有一丝喜悦，一点慰藉，但也有许多的愁苦涌上心头，如仕途的失意、理想的幻灭和人生的坎坷等。这首诗正是在这种情景相生、思与境谐的自然流出之中，显示出一种淡中有味、含而不露的艺术美。

通读全篇，发现并无任何用词新奇之处，但妙就妙在这意境的成功营造。诗人以流水般流畅的文笔，以“明月”“惊鹊”“寒影”等一组意象画出了一幅别样的孤清月夜图。徜徉其中，能清楚地看见他的思痕，触摸到他跳跃的文思，听到他的叹息。

十五夜望月寄杜郎中①

【唐】王建

中庭②地白树栖鸦，冷露③无声湿桂花。
今夜月明人尽④望，不知秋思落谁家。

【注 释】

①杜郎中，名杜元颖。
②中庭：即庭中，庭院中。
③冷露：秋天的露水。
④尽：都。

作者名片

王建（768—835），字仲初，颍川（今河南许昌）人，唐朝诗人。王建擅长写乐府诗，与张籍友善，乐府与张籍齐名，世称张王乐府。其诗题材广泛，同情百姓疾苦，生活气息浓厚，思想深刻。善于选择有典型意义的人、事和环境加以艺术概括，集中而形象地反映现实，揭露矛盾。多用比兴、白描、对比等手法，常在结尾以重笔突出主题。体裁多为七言歌行，篇幅短小。语言通俗凝练，富有民歌谣谚色彩。

译 文

庭院地面雪白，树上栖息着鹊鸦，秋露无声无息打湿了院中的桂花。
今天晚上人们都仰望当空明月，不知道这秋思之情落在了谁家？

赏析

这是一首中秋之夜望月思远的七言绝句。全诗四句二十八字，以每两句为一层意思，分别写中秋月色和望月怀人的心情，展现了一幅寂寥、冷清、沉静的中秋之夜的图画。此诗以写景起，以抒情结，想象丰美，韵味无穷。

“中庭地白树栖鸦”，诗人写中庭月色，只用“地白”二字，却给人以积水空明、澄静素洁、清冷之感。“树栖鸦”这三个字，朴实、简洁、凝练，既写了鸦鹊栖树的情状，又烘托了月夜的寂静。

“冷露无声湿桂花”，这句诗让人联想到冷气袭人，桂花怡人的情景。如果进一步揣摩，更会联想到这桂花可能是指月中的桂树。这是暗写诗人望月，正是全篇点题之笔。诗人在万籁俱寂的深夜，仰望明月，凝想入神，丝丝寒意，轻轻袭来，不觉浮想联翩：那广寒宫中，清冷的露珠一定也沾湿了桂花树吧。

诗人不再正面写自己的思亲之愁，而是用一种疑问式的委婉语气道出那绵绵的愁念会落在谁家。前两句写景，不带一个“月”字；第三句才点明望月，而且推己及人，扩大了望月者的范围。但是，同是望月，那感秋之意，怀人之情，却是人各不同的。诗人怅然于家人离散，因而由月宫的凄清，引出了入骨的相思。他的“秋思”必然是最浓挚的。然而，在表现的时候，诗人却并不采用正面抒情的方式，直接倾诉自己的思念之切；而是用了一种委婉的疑问语气：不知那茫茫的秋思会落在谁的一边。

中秋对月

【唐】曹松

无云世界秋三五①，共看蟾盘②上海涯。

直到天头天尽③处，不曾私照一人家。

【注　释】

①三五：十五天，中秋十五就是中秋节。
②蟾盘：指月亮。（蟾轮、冰轮、冰魄等都是古人对月亮的美称）。
③天头天尽：古人认为天圆地方，圆再大也有边缘，所以古人觉得天和地都是有尽头的。

作者名片

曹松（828—903），字梦徵，舒州（今安徽安庆市潜山县梅城镇河湾村）人，唐代晚期诗人。曹松不满现实但又热衷功名，多次参加科举应试，直到昭宗天复元年（901 年）才以 71 岁高龄中进士。因同榜中王希羽、刘象、柯崇、郑希颜等皆年逾古稀，故时称“五老榜”。曹松被授任校书郎，后任秘书省正字。终因风烛残年，不久谢世。曹松诗作，风格似贾岛，工于铸字炼句。因他生活在社会底层，故同情劳动人民的苦难，憎恶战争。遗作有《曹梦征诗集》3 卷。《全唐诗》录其诗 140 首。

译　文

中秋节这天天空澄碧、万里无云，人们仰望着那刚刚浮出海面的明月。只见它银辉四射，撒向天涯海角，从来不私照过一家半舍。

赏析

这首诗写得非常明快，可能是受了当时晴空万里、皓月当空的影响，诗的前两句也只是描写了中秋时的景色和人们争相赏月，平淡无奇，但诗人笔锋一转，从月色皎皎转到了月色无私上，“一人家”很明显就是指帝王家，月亮对世上第一人家的帝王家也毫不偏袒，它的光明对帝王家和穷人都是一样的，体现了诗人天下大同、万物平等的博爱思想。

水调歌头[①]·明月几时有

【宋】苏轼

丙辰[②]中秋，欢饮达旦，大醉，作此篇，兼怀子由[③]。

明月几时有？把酒问青天。不知天上宫阙[④]，今夕是何年？我欲乘风归去，又恐琼楼玉宇[⑤]，高处不胜寒[⑥]。起舞弄清影，何似在人间？

转朱阁，低绮户，照无眠。不应有恨，何事长向别时圆？人有悲欢离合，月有阴晴圆缺，此事古难全。但[⑦]愿人长久，千里共婵娟。

【注　释】

①水调歌头：词牌名，又名“元会曲”“台城游”“凯歌”“江南好”“花犯念奴”等。双调九十五字，平韵（宋代也有用仄声韵和平仄混用的）。相传隋炀帝开汴河自制《水调歌》，唐人演为大曲，“歌头”就是大曲中的开头部分。

②丙辰：指宋神宗熙宁九年（1076 年）。这一年苏轼在密州（今山东诸城）任太守。

③子由：苏轼的弟弟苏辙的字，与其父苏洵、其兄苏轼并称“三苏”。

④天上宫阙：指月中宫殿。阙，古代城墙后的石台。

⑤琼楼玉宇：美玉砌成的楼宇，指想象中的月宫。

⑥不胜：经不住，承受不了。胜：承担、承受。

⑦但：只。

译　文

丙辰年（1076 年）的中秋节，高高兴兴地喝酒直到天亮，喝了个大醉，写下这首词，同时也思念弟弟苏辙。

明月从什么时候开始有的呢？我拿着酒杯遥问苍天。不知道天上的宫殿，今晚是哪一年。我想凭借着风力回到天上去看一看，又担心美玉砌成的楼宇太高了，我经受不住寒冷。起身舞蹈玩赏着月光下自己清朗的影子，月宫哪里比得上在人间。

月儿移动，转过了朱红色的楼阁，低低地挂在雕花的窗户上，照着没有睡意的人。明月不应该对人们有什么怨恨吧，可又为什么总是在人们离别之时才圆呢？人有悲欢离合的变迁，月有阴晴圆缺的转换，这事儿自古以来就很难周全。希望人们可以长长久久地在一起，即使相隔千里也能一起欣赏这美好的月亮。

赏析

这首词是中秋望月怀人之作，表达了对胞弟苏辙的无限思念。丙辰，是北宋神宗熙宁九年（1076年），当时苏轼在密州（今山东诸城）做太守，中秋之夜他一边赏月一边饮酒，直到天亮，于是做了这首《水调歌头》。词人运用形象的描绘手法，勾勒出一种皓月当空、亲人千里、孤高旷远的境界氛围。

此词上阕望月，既怀超宜兴致，高接混茫，而又脚踏实地，自具雅量。下阕怀人，即兼怀子由，由中秋的圆月联想到人间的离别，同时感念人生的离合无常。

阳关曲[1]·中秋月

【宋】苏轼

中秋作本名小秦王，入腔即阳关曲。

暮云收尽溢[2]清寒，银汉[3]无声转玉盘[4]。

此生此夜不长好，明月明年何处看。

【注　释】

①阳关曲：本名《渭城曲》。单调二十八字，四句三平韵。宋秦观云：《渭城曲》绝句，近世又歌入《小秦王》，更名《阳关曲》。

②溢：满出。暗寓月色如水之意。

③银汉：银河。

④玉盘：喻月。

译　文

夜幕降临，云气收尽，天地间充满了寒气，银河流泻无声，皎洁的月儿转到了天空，就像玉盘那样洁白晶莹。

我这一生中每逢中秋之夜，月光多为风云所掩，很少碰到像今天这样的美景，真是难得啊！可明年的中秋，我又会到何处观赏月亮呢？

赏析

这首小词，题为“中秋月”，自然是写“人月圆”的喜悦；调寄《阳关曲》，则又涉及别情。记述的是作者与其胞弟苏辙久别重逢，共赏中秋月的赏心乐事，同时也抒发了聚后不久又得分手的哀伤与感慨。

水调歌头·徐州中秋

【宋】苏辙

离别一何久，七度过中秋。去年东武今夕，明月不胜愁。岂意彭城[①]山下，同泛清河古汴[②]，船上载凉州[③]。鼓吹助清赏，鸿雁起汀洲。

坐中客，翠羽帔，紫绮裘[4]。素娥无赖[5]，西去曾不为人留。今夜清尊[6]对客，明夜孤帆水驿，依旧照离忧。但恐同王粲[7]，相对永登楼。

【注　释】

①彭城：彭城，鼓声之城，即今江苏徐州，是黄帝最初的都城。
②古汴（biàn）：古汴河。
③凉州：曲名，唐开元中西凉州所献。
④翠羽帔（pèi），紫绮（qǐ）裘（qiú）：指豪华衣饰。
⑤无赖：无所倚靠；无可奈何。
⑥清尊：酒器。
⑦王粲（càn）：字仲宣。山阳郡高平市（今山东微山两城镇）人。

作者名片

苏辙（1039—1112），字子由，一字同叔，晚号颍滨遗老。眉州眉山（今属四川）人。北宋文学家、宰相，“唐宋八大家”之一。苏辙与父亲苏洵、兄长苏轼齐名，合称“三苏”。其生平学问深受其父兄影响，以散文著称，擅长政论和史论。其诗力图追步苏轼，风格淳朴无华，文采稍逊。苏辙亦善书，其书法潇洒自如，工整有序。著有《栾城集》等行于世。

译　文

分别一次要多久呢？已经过了七个中秋节。去年的今天在东武之地，我望着明月，心中愁绪难以承受。想到在彭城山下，一起在古汴河上泛舟，忽然传来凉州曲调。有鼓吹助兴，惊起汀上的鸿雁。

宴席中的客人，有的穿着用翠鸟羽毛装饰的披风，有的穿着紫绮为面的裘皮衣服。无奈圆月无情，渐渐西沉不肯为人留下。今天晚上有酒待客，明晚又要独自宿在水路驿站，离愁依旧。就怕像王粲那样，不得返乡，只能登楼相望。

赏析

这首词主要写了作者与其胞兄久别重逢继而又要分别的难舍之情和诗人的内心世界，生动地表现出苏轼和苏辙兄弟的手足情深。

这首词的上阕，写出值得珍惜的短暂手足之情的相聚。“离别一何久，七度过中秋”，作者一开始就点出与兄长分别时间之久，并用传统的团圆佳节中秋来计算，其中包含着对兄弟聚少离多的深深怨艾和无奈。“同泛清河古汴”本来是欢乐的，然“船上载凉州”却从听觉里显露出悲凉；“鼓吹助清赏”让人高兴不已，“鸿雁起汀洲”，又从视觉中引发了大雁南归的惆怅。

下阕则直接展现诗人内心世界。前三句只是从宴饮中主人、客人的穿戴里，聊表人们的欢愉心情，可下面却写出了急转之下诗人的内心感受。“素娥无赖去西，曾不为人留”，明月无情，不会为人而滞留。“今夜清尊对客，明夜孤帆水驿，依旧照离忧”，直写情事，明日即将分别，即使明月当头，也是分明地倾泻出两地别愁，“依旧”二字非常好。

最后两句，用典却直抒胸臆，“但恐同王粲，相对永登楼”，王粲滞留荆州十二年，不得施展才华，郁闷中他登楼远眺，北望家乡，胸中翻滚着无限乡思乡愁，写出了《登楼赋》。后以“王粲登楼”作为怀念故国乡土的典故。这里，词人以此句做结，倾诉出未来的日月：宦游茫茫，前途未卜；亲人相隔，幽幽愁绪的别样的深沉。本来是百日逍遥堂欢乐的手足相聚，到头来却是迎来生离死别的无奈，也许这就是人生的必然。

中秋登楼望月

【宋】米芾

目穷淮海满如银，
万道虹光①育蚌珍。
天上若无修月户②，
桂枝撑损向西轮。

【注　释】

①万道虹光：引用民间传说。传说月圆之时，蚌才育珠。
②修月户：传说月亮是由七宝合成的，人间常有八万二千户给它修治。

作者名片

米芾（1051—1107），初名黻，后改芾，字元章，自署姓名米或为芊，湖北襄阳人，时人号海岳外史，又号鬻熊后人、火正后人。北宋书法家、画家、书画理论家，与蔡襄、苏轼、黄庭坚合称“宋四家”。米芾书画自成一家，枯木竹石，山水画独具风格特点。在书法也颇有造诣，擅篆、隶、楷、行、草等书体，长于临摹古人书法，达到乱真程度。主要作品有《多景楼诗》《虹县诗》《研山铭》《拜中岳命帖》等。

译　文

目之所及的淮海海水就好似银子般泛着白光，彩色的光芒下，蚌孕育着珍珠。天上的月亮如果没有人为它修治，桂树枝恐怕会撑破月亮。

赏析

这首诗引用了两个民间传说，一是民间传说珍珠的育成与月的盈亏有关，月圆之时蚌则孕珠；二是民间传说月由七宝合成，人间常有八万二千户给它修治。这样借传说咏月，又为中秋之月增添了神话的色彩，使中秋之月更为迷人。

铁瓮城高耸入云，邻近青天，百尺高的望海楼好像飞上了铁瓮城与青天相连。挥毫赋诗时江水携带着涛声流到了笔下，不禁想起了三峡，举杯豪饮时点点帆影映入了酒杯，令人思念六朝。一阵阵号角声好像催促太阳落山，江面上无缘无故升腾起白色雾气。坎坷的往事忽然涌上心头，哪里的景色能让我赏心悦目呢？不论面对春风还是面对秋月，我的心头却感到茫然。

水调歌头·中秋

【宋】米芾

砧声①送风急，蟋蟀②思高秋。我来对景，不学宋玉解悲愁③。收拾凄凉兴况，分付尊中醽醁④，倍觉不胜幽。自有多情处，明月挂南楼。

怅襟怀，横玉笛，韵悠悠。清时⑤良夜，借我此地倒金瓯。可爱一天风物，遍倚阑干十二⑥，宇宙若萍浮。醉困不知醒，欹枕卧江流。

【注　释】

①砧（zhēn）声：也作“砧声”，捣衣声。元好问《短日》：短日砧声急，重云雁影深。
②蟋蟀：蟋蟀的一种，宋代顾逢曾作《观斗蟋蟀有感》。

③宋玉解悲秋：宋玉《九辨》：悲哉秋之为气也，萧瑟兮草木摇落而变衰。
④醽醁（líng lù）：古代的一种美酒。
⑤清时：清平之时，也指太平盛世。
⑥阑干十二：曲曲折折的栏杆。阑干，即栏杆。十二，形容曲折之多。

译　文

中秋的时候，捣衣声混杂着风声，蟋蟀好像在思索高爽的秋天。我面对着这样的景象，是不会学宋玉去纾解悲愁的。把凄凉的心意收拾起来，给每个酒樽里都倒上美酒，内心更加觉得抵不过这样的幽静。明月挂在南楼正是我觉得充满情趣的地方所在。

怅惘这样的胸怀，于是拿起笛子吹奏，笛声的韵律悠悠扬扬。在这清平之时，良美之夜，就把这块地方借给我让我痛饮。看着这一天可爱的风景，我倚着曲曲折折的栏杆，宇宙在我眼里也只是小小的浮萍。喝醉困乏了就靠着枕头临江而睡，不知道什么时候会醒来。

赏析

这首词借中秋赏月之机，表露了词人为人的高洁，也流露了他对“从仕数困”的些许幽恨。词的上阕反复渲染中秋节令的秋意，并从反面为出月铺垫，以“自有”二字转折，使一轮明月千呼万唤始出来，用笔颇为奇妙。词的下阕，侧重抒发词人向往隐居生活之意，发出对宇宙对人生的遐想。全篇用笔空灵回荡，而自有清景无限，清趣无穷，表现出米芾“为文奇险，不蹈袭前人轨辙”的特有风格。

一剪梅·中秋元月

【宋】辛弃疾

忆对中秋丹桂丛，花也杯中，月也杯中。今宵楼上一尊[①]同，云湿纱窗，雨湿纱窗。

浑欲乘风问化工[②]，路也难通，信也难通。满堂唯有烛花红，歌且从容，杯且从容[③]。

【注 释】

①尊：同“樽”，酒杯。
②浑欲：简直想。化工：指自然的造化者。
③从容：悠闲舒缓，不慌不忙。

译 文

回忆昔日中秋，我置身在芳香的丹桂丛。花影映照在酒杯中，皓月也倒映在酒杯中。今晚同样在楼台举杯赏月，可是乌云密布，雨水浸湿了纱窗，哪里还有月光。

我简直想乘风上天去质问天公，可是这天路没法打通，想送个信，信也难通。画堂里没有月亮，只有红烛高照，让我们慢慢把酒喝几盅，慢慢把曲唱到终。

赏析

该词上阕描写了词人回忆曾经在一个晴朗的中秋，置身丹桂丛中，月波花影荡漾在酒杯中，而今晚云雨湿了纱窗，只有蜡烛闪光的情景。下阕描写了词人想要乘风上天去质问天宫，但路也难通，信也难通，只得在烛光下慢慢喝酒、唱歌的情景，表达了词人壮志难酬、怀才不遇的愤懑情怀。

在这首词中，作者明伤“中秋无月”，实则有英雄末路之叹。全词写景抒情融为一体，语言明白晓畅，婉曲蕴藉，韵味无穷。

满江红·中秋寄远[1]

【宋】辛弃疾

快上西楼，怕天放、浮云遮月。但唤取、玉纤横管，一声吹裂。谁做冰壶凉世界，最怜玉斧修时节[2]。问嫦娥、孤令有愁无？应华发。

云液满[3]，琼杯滑。长袖起，清歌咽。叹十常八九，欲磨还缺。但愿长圆如此夜，人情未必看承别。把从前、离恨总成欢，归时说。

【注　释】

①寄远：寄语远人。就词意看，这个远人可能是词人眷恋过的歌舞女子。

②冰壶：盛冰的玉壶。此喻月夜的天地一片清凉洁爽。玉斧修时节：刚经玉斧修磨过的月亮，又圆又亮。

③云液满：斟满美酒。

译　文

快上西楼赏月，担心中秋月有浮云遮挡，不够明朗。请美人吹笛，驱散浮云，唤出明月。月夜的天地一片清凉洁爽，刚经玉斧修磨过的月亮，又圆又亮。追问月宫里独处的嫦娥，孤冷凄寂时有没有愁恨？应该有很多白发。

回忆当年歌舞欢聚的情景，长袖善舞的佳人，清歌悲咽的佳人为之助兴添欢。叹明月十有八九悖人心意，总是圆时少、缺时多。愿明月如今夜常圆，人情未必总是别离。我欲化离恨为聚欢，待人归时再细细倾诉。

赏析

此词是一首望月怀人之作，可能是与词人有着感情纠葛的歌舞女子。这个女子令词人爱慕不已。美月当空，已能勾起人无限秋思。面对中秋夜月，那怀人之情便愈发浓烈了。于是词人借月写意，传递了词人对歌舞女子的怨尤与不忍相舍的复杂感情。

词的上阕就中秋月这一面来写，主要展现词人的飞扬意兴。下阕开始，词人先用状写满天月色的“云液满”一句承上启下，然后展现自己在月下酣饮欢乐的情状。长袖善舞的佳人，清歌悲咽的佳人为之助兴添欢。这是最令词人愉快的场面。但是词人的心意匀不在此，词人由此中秋明月夜、由此歌舞助兴人想到的是令自己牵情的远人，于是不由自主地发出了深沉的叹息。

中　秋

【宋】李朴

皓魄①当空宝镜升，云间仙籁寂无声。
平分秋色一轮满，长伴云衢千里明。
狡兔空从弦外落，妖蟆休向眼前生。
灵槎②拟约同携手，更待银河彻底清。

【注　释】

①皓魄：指明月。
②灵槎：神话中用来乘坐往来的筏子。

作者名片

李朴（1063—1127），字先之，虔州兴国迳口（今江西省兴国县埠头乡凤冈村）人，宋代高宗秘书监，登绍圣元年进士及第。因直言隆佑太后不当废除瑶华宫事而被停职。著有《章贡集》20卷，《千家诗》中辑有其诗作。其生平载于《宋史·李朴传》。

译　文

明月缓缓升起，如同镜子般挂在天空。万籁无声，似乎连天上的仙乐也因为美丽的月色而停止了演奏，空中只飘着淡淡的云朵。这一轮满月足以平分秋色，高悬云层之中照亮了千家万户。想起那些关于月亮的传说，月中有兔与蟾蜍。我想要约同明月一起乘坐去往天河的船筏，待银河彻底澄清以后，遨游太空。

赏析

这首诗是写中秋之月，首联即点明主题，用“宝镜”突出了月之明亮。颔联诗人做了空间的延伸，将读者带入了广袤无垠的月夜里，使人如身临其境，看那皓月当空，光照万里的壮美景色。颈联引用了两个传说故事，增加了全诗的趣味性。尾联诗人突发奇想，欲与月亮一起乘船遨游银河，给人留下了无穷的想象空间。

桂枝香[1]·吹箫人去

【宋】刘辰翁

吹箫人去。但桂影[2]徘徊，荒杯承露。东望芙蓉缥缈，寒光如注。去年夜半横江梦，倚危樯，参差曾赋。茫茫角动，回舟尽兴，未惊鸥鹭。

情知道、明年何处。漫待客黄楼，尘波前度。二十四桥，颇有杜书记否。二三字者今如此，看使君[3]、角巾[4]东路。人间俯仰[5]，悲欢何限，团圆如故。

【注　释】

①桂枝香：词牌名，又名《疏帘淡月》。

②桂影：桂花树的影子。

③使君：汉代称“刺使”如“使君从南来，五马立踟蹰”。汉代以后用作对州郡长官的尊称。

④角巾：借指隐士或布衣。

⑤俯仰：低头和抬头，比喻很短的时间。

译　文

吹箫的人已经走了，但桂花树的影子徘徊着。收成不好的年岁承接着甘露，向东望去缥缈的荷花池，仿佛注入了寒光。去年在半夜梦见横在江上。依靠着高的桅杆，吟唱着长短不齐的诗赋，茫茫地搅动着，尽兴返回，没有惊动鸥鹭。

谁知道明年在哪里？慢慢地在等待黄鹤楼的友人，一直漂泊在外度过前半生。二十四桥，还记得杜书记吗？二个字，三个字，字字都是这样，看看刺史，东路的布衣。抬头低头的人间，悲伤怎样受到限制，团圆跟原来一样。

赏析

中秋之日，月圆人离，不免伤怀。词作者为南宋末年著名的爱国诗人，宋亡不仕。本文通过写景、抒情的双重手法对这团圆之日进行描绘，通过情景交融的方式道出国破家散的心酸感受。词的上阕写景，描写了中秋月夜。下阕抒情，联想到明年到何处，进行了人与人的对比，写出了人间的悲欢离合，对亲人的思念，更是对亲人团圆的一种渴盼。

洞仙歌·泗州①中秋作

【宋】晁补之

青烟幂②处，碧海飞金镜。永③夜闲阶卧桂影。露凉时、零乱多少寒螀④，神京⑤远，惟有蓝桥⑥路近。

水晶帘不下，云母屏开，冷浸佳人淡脂粉。待都将许多明，付与金尊，投晓共、流霞⑦倾尽。更携取、胡床⑧上南楼，看玉做人间，素秋千顷。

【注　释】

①泗州：今安徽省泗县。
②幂：烟雾弥漫貌。
③永：长，兼指时间或空间。
④寒螀（jiāng）：即寒蝉，体小，秋出而鸣。
⑤神京：指北宋京城汴梁。
⑥蓝桥：秀才裴航于蓝桥会仙女云英事。

⑦流霞：本指天上云霞，语意双关，借指美酒。
⑧胡床：古代的一种轻便坐具，可以折叠。

作者名片

晁补之（1053—1110），字无咎，号归来子，汉族，济州巨野（今属山东巨野县）人，北宋时期著名文学家。为“苏门四学士”（另有北宋诗人黄庭坚、秦观、张耒）之一。曾任吏部员外郎、礼部郎中。工书画，能诗词，善属文。与张耒并称“晁张”。其散文语言凝练、流畅，风格近柳宗元。诗学陶渊明。其词格调豪爽，语言清秀晓畅，近苏轼。但其诗词流露出浓厚的消极归隐思想。著有《鸡肋集》《晁氏琴趣外篇》等。

译　文

遮蔽了月光的青色云影处，一轮明月穿过云层，像一面金灿灿的明镜飞上碧空。长夜的空阶上卧着桂树的斜影。夜露渐凉之时，多少秋蝉零乱地嘶鸣。京城邈远难至，倒是这一轮明月，与人为伴，对人更加亲近。

水晶帘儿高高卷起，云母屏风已经打开，明月的冷光照入室内，宛如浸润着佳人的淡淡脂粉。待许多月色澄辉，倾入金樽，直到拂晓连同流霞全都倾尽。再携带一张胡床登上南楼，看铺洒月光的人间，领略素白的千顷清秋。

赏析

此词上阕开头写词人仰望浩月初升情景。下阕转写室内宴饮赏月。全词从天上到人间，又从人间到天上，天上人间浑然一体，境界阔大，想象丰富，词气雄放，与东坡词颇有相似之处。全词以月起，以月结，首尾呼应，浑然天成。篇中明写、暗写相结合，将月之色、光、形、神，人对月之怜爱迷恋，写得极为生动入微。

江城子·中秋早雨晚晴

【宋】陈著

中秋佳月最端圆。老痴顽，见多[①]番。杯酒相延，今夕不应悭。残雨[②]如何妨乐事，声淅淅，点斑斑。

天应有意故遮阑。拍人间。等闲[③]看。好处时光，须用[④]著些难。直待黄昏风卷霁，金滟滟[⑤]，玉团团[⑥]。

【注　释】

①见多：识，知道。见过的多，知道的广。形容阅历深，经验多。

②残雨：将要终止的雨。

③等闲：轻易；随便。

④须用：一定要。

⑤滟滟：水光貌，形容水波闪动的样子。

⑥团团：圆月。

作者名片

陈著（1214—1297），字谦之，一字子微，号本堂，晚年号嵩溪遗耄，鄞县（今浙江宁波）人，寄籍奉化。理宗宝祐四年（1256 年）进士，调监饶州商税。景定元年（1260 年），为白鹭书院山长，知安福县。

译　文

中秋佳节之时是月亮最圆的时候，愚蠢迟钝的老头，见识比较多，饮酒相见，现在是不应吝啬。将止的雨怎么妨碍高兴的事情？淅淅沥沥的雨，小而多的雨点。

天应该有意遮拦着，拍打着人间。以一颗平常心看待，美好的时光，一定是不容易等到的。直到黄昏大风起了，雨停止了，水波像金子一样闪闪发光，圆月像玉器一样皎洁。

赏析

《江城子·中秋早雨晚晴》描写的是中秋时节，早上下雨晚上晴朗的情景，给人一种雨后天晴的中秋之夜。上阕“中秋佳月最端圆”写起，早上下起了雨，雨也将止了，一点都不妨碍高兴的事，表现出了一种风雨无阻的心态。下阕写了傍晚时分雨停止了，天晴朗了，中秋的月亮是多么的皎洁无瑕，与首句相对应。

折桂令[①]·中秋

【元】张养浩

一轮飞镜[②]谁磨？照彻乾坤，印透山河。玉露泠泠[③]，洗秋空银汉无波，比常夜清光更多，尽无碍桂影婆娑[④]。老子高歌，为问嫦娥[⑤]，良夜恹恹[⑥]，不醉如何？

【注　释】

①折桂令：此调又名《百字折桂令》《天香引》《秋风一枝》《蟾宫曲》。此调为元人小令曲名。

②飞镜：比喻中秋之月。

③玉露泠（líng）泠：月光清凉、凄清的样子。

④婆娑：形容桂树的影子舞动。

⑤嫦娥：传说中月宫里的仙女。

⑥恹恹：精神萎靡的样子。

作者名片

张养浩（1270—1329），汉族，字希孟，号云庄，济南（今山东省济南市）人，元代著名政治家，文学家。生于元世祖至元七年（1270

年），卒于元文宗天历二年（1329年）。张养浩是元代重要的政治、文化人物，其个人品行、政事文章皆为当代及后世称扬，是元代名臣之一。与清河元明善、汶上曹元用并称为“三俊”。诗、文兼擅，而以散曲著称。代表作有《三事忠告》，散曲《山坡羊·潼关怀古》等。

译 文

那一轮悬挂高空的明镜，是谁打磨的呢？它照遍了整个山河。秋天的露珠清凉凄清，水洗过般的明净夜空里，银河平静无波。此夜的月光，较平常更盛，人可以清晰无碍地看到，桂树的影子在舞动。我不由得引吭高歌，问嫦娥仙子，在这美好的夜晚，何不纵情一醉？

赏析

这首散曲作者着力描绘了中秋之夜月光格外的澄澈空灵。通过对澄澈月光的反复渲染，创造出异常清幽宁静的意境与氛围，最后才以对嫦娥发问的形式，抒发了中秋之夜，意欲一醉方休的情致。而其结构则是触景生情，前半写景，后半抒情，转、合融一，用典不露痕迹。凡此皆别具一格。

念奴娇·中秋对月

【明】文徵明

桂花浮玉，正月满天街，夜凉如洗。风泛须眉并骨寒，人在水晶宫里。蛟龙偃蹇[①]，观阙嵯峨[②]，缥缈笙歌沸。霜华满地，欲跨彩云飞起。

记得去年今夕，酾酒溪亭，淡月云来去。千里江山昨梦非，转眼秋光如许。青雀西来，嫦娥报我，道佳期近矣。寄言俦侣[3]，莫负广寒沈醉。

【注　释】

①偃（yǎn）蹇（jiǎn）：骄横，傲慢，盛气凌人。
②嵯（cuó）峨（é）：屹立。
③俦（chóu）侣：伴侣；朋辈。

作者名片

文徵明（1470—1559），原名壁（或作璧），字徵明，42岁起，以字行，更字徵仲。因先世为衡山人，故号衡山居士，世称“文衡山”。南直隶苏州府长洲县（今江苏苏州）人。明代画家、书法家、文学家、鉴藏家。文徵明诗、文、书、画无一不精，人称“四绝”，其与沈周共创“吴派”。在画史上与沈周、唐寅、仇英合称“明四家”。在文学上，与祝允明、唐寅、徐祯卿并称“吴中四才子”。

译　文

枝头的桂花像垂着的块块白玉，圆月映照了整个苍穹，夜空好似被洗净了一般。风拂动着眉梢和身躯，人儿仿佛就在水晶宫殿里一样。遥看天际，龙翻偃舞，宫殿如画，能感受到那儿歌舞升平而沸腾的气氛。白霜（月光）铺满大地，（我）愿意乘着缤纷的云朵腾空而起。

仍记得旧年的今夜，于溪亭酌酒畅饮，望云飘月移。过往的情境如刚消逝的梦，转眼却到了去年此时。自西而来的青雀与嫦娥都告知我佳节（中秋）快到了。（我）寄托旧知好友捎信于你，万万别辜负了这月宫甘甜的香醪。

赏析

此词浮想殊奇，造语浪漫，对月之人似亲昨月宫，月中景物如降落左右，词人貌似仙人，而怀中仍洗不尽尘世烦恼，人间天上浑然写来，仙骨凡心杂错吐露，其主旨全在上下两结拍，上结“欲跨彩云飞起”，有超俗之想，下结“莫负广寒沈醉”，又显感伤，大起大落中，将矛盾的心态淋漓吐出。

琵琶仙·中秋

【清】纳兰性德

碧海①年年，试问取、冰轮②为谁圆缺？吹到一片秋香，清辉了如雪。愁中看、好天良夜，知道尽成悲咽。只影而今，那堪重对，旧时明月。

花径里、戏捉迷藏，曾惹下萧萧井梧叶。记否轻纨小扇③，又几番凉热。只落得，填膺百感，总茫茫、不关离别。一任紫玉④无情，夜寒吹裂。

【注　释】

①碧海：传说中的海名。
②冰轮：月亮代名之一，历来用以形容皎洁的满月。
③轻纨（wán）小扇：即纨扇。
④紫玉：指笛箫，因截紫竹所制，故名。

译文

碧海青天，年年如此，而云间的月亮，却为何时圆时缺。今夜里，金风送爽，土花映碧，画栏桂树悬挂着一缕秋香；月亮光就像白雪一般晶莹透亮。谁知道，这好天良夜，却让人忧愁，让人悲咽。孤身只影，怎么可面对旧时明月。

那时节，也是这么个中秋夜，你和我，花径里捉迷藏，曾经将金井梧桐的霜叶惊落。手上轻巧的小纨扇，至今又经历几番凉热。一时间，不由得百感丛生；但这又与一般的相思离别无关。面对这旧时明月，只好让无情的紫玉箫，于寒风中吹裂。

赏析

词的上阕写现实，现实是充满了悲凉，其情之苦，足以震撼一切感性的心灵。用"冰轮"喻明月，用"雪"喻明月的清辉，更增加了意境的清冷。"只影而今，那堪重对，旧时明月"，此句道出了作者"尽成悲咽"的缘由：原来是故人不在，作者在思念他的亡妻；然而"明月不谙离恨苦"，偏要打动他那颗敏感脆弱的心，叫他情何以堪。

下阕写词人仰望明月忆及往事。"花径里、戏捉迷藏，曾惹下萧萧井梧叶"，明月下，芳丛里，词人与心上人嬉戏、游玩，虽然并未着墨描摹具体情状，而梧桐叶的缓缓飘落中，纵情的欢笑声，亲昵的嘶闹声，在一片月色下朗朗可闻，其人之天真烂漫，其情之亲密无间，已不言自明，词人对故人往事的深深思恋，直抵人心深处。只是光阴荏苒，轻执小扇轻摇又摇走了几番寒暑，去者不可追，如今只剩下词人中宵独立，"填膺百感"，而明月还是当时的明月，清辉未减分毫。中秋月光照耀，本该是众家欢聚之时，容若心中却荒凉如大漠。吹裂紫玉箫也难散愁心。

第八篇 重阳节

九日闲居

【魏晋】陶渊明

余闲居，爱重九之名。秋菊盈园，而持醪靡由[①]，空服九华[②]，寄怀于言。

世短意常多，斯人乐久生。
日月依辰至，举俗爱其名。
露凄暄风[③]息，气澈天象明。
往燕无遗影，来雁有余声。
酒能祛百虑，菊解制颓龄[④]。
如何蓬庐士[⑤]，空视时运倾！
尘爵耻虚罍[⑥]，寒华徒自荣[⑦]。
敛襟独闲谣[⑧]，缅[⑨]焉起深情。
栖迟[⑩]固多娱，淹留岂无成。

【注　释】

①醪（láo）：汁滓混合的酒，即浊酒，今称甜酒或醪糟。靡（mǐ）：无。靡由，即无来由，指无从饮酒。
②服：用，这里转为欣赏之意。九华：重九之花，即菊花。华，同“花”。
③露凄：秋霜凄凉。暄（xuān）风：暖风，指夏季的风。
④制：止，约束，节制。颓（tuí）龄：衰暮之年。
⑤蓬庐士：居住在茅草房子中的人，即贫士，作者自指。
⑥尘爵耻虚罍（léi）：酒杯的生尘是空酒壶的耻辱。爵：饮酒器，指酒杯。因无酒而生灰尘，故曰“尘爵”。罍：古代器名，用以盛酒或水，这里指大酒壶。
⑦寒华：指秋菊。徒：徒然，白白地。荣：开花。
⑧敛（liǎn）襟（jīn）：整一整衣襟，指正坐。谣：不用乐器伴奏的歌唱。这里指作诗。
⑨缅（miǎn）：遥远的样子，形容后面的“深情”。
⑩栖迟：隐居而游息的意思。栖，宿；迟，缓。

作者名片

陶渊明（352—427或365—427），名潜，字渊明，又字元亮，自号“五柳先生”，私谥“靖节”，世称靖节先生，浔阳柴桑人。东晋末至南朝宋初期伟大的诗人、辞赋家。曾任江州祭酒、建威参军、镇军参军、彭泽县令等职，最末一次出仕为彭泽县令，八十多天便弃职而去，从此归隐田园。他是中国第一位田园诗人，被称为“古今隐逸诗人之宗”，有《陶渊明集》。

译　文

我闲居无事，颇喜“重九”这个节名。秋菊满园，想喝酒但没有酒可喝，独自空对着秋菊丛，因此写下此诗以寄托怀抱。人生短促，忧思往往很多，可人们还是盼望成为寿星。日月依着季节来到，民间都喜欢重阳这个好听的节名。露水出现了，暖风已经停息。空气澄澈，日月星辰分外光明。飞去的燕子已不见踪影，飞来的大雁萦绕着余音。只有酒能驱除种种忧虑，只有菊花才懂得益寿延龄。茅草屋里的清贫士，徒然看着时运的变更。酒杯积灰，酒樽也感到羞耻；寒菊空自开放，也让人难为情。整整衣襟，独自悠然歌咏，深思遐想勾起了一片深情。盘桓休憩本有很多欢乐，隐居乡里难道就无一事成！

赏析

此诗将说理、写景与抒情融合在一起，体现了陶诗自然流走的特点，其中某些句子凝练而新异，可见陶渊明铸词造句的手段，如“世短意常多”“日月依辰至”及“酒能祛百虑，菊解制颓龄”等虽为叙述语，然遒劲新巧，词简意丰，同时无雕饰斧凿之痕，这正是陶诗的难以企及处。

九月九日忆山东①兄弟

【唐】王维

独在异乡为异客，每逢佳节倍思亲。
遥知兄弟登高②处，遍插茱萸少一人。

【注　释】

①山东：王维迁居于蒲县（今山西永济市），在函谷关与华山以东，所以称山东。
②登高：古有重阳节登高的风俗。

译　文

一个人独自在他乡作客，每逢节日加倍思念远方的亲人。
遥想兄弟们今日登高望远时，头上插满茱萸只少我一人。

赏析

此诗是王维17岁时写下。王维当时独自一人漂泊在洛阳与长安之间，他是蒲州（今山西永济）人，蒲州在华山东面，所以称故乡的兄弟为山东兄弟。

此诗写出了游子的思乡怀亲之情。诗一开头便紧切题目，写异乡异土生活的孤独凄然，因而时时怀乡思人，遇到佳节良辰，思念倍加。接着诗一跃而写远在家乡的兄弟，按照重阳节的风俗登高时，也在怀念自己。诗意反复跳跃，含蓄深沉，既朴素自然，又曲折有致。其中“每逢佳节倍思亲”更是千古名句。

九月十日即事①

【唐】李白

昨日登高②罢，今朝更③举觞④。
菊花何太苦，遭此两重阳？

【注　释】

①即事：以眼前事物为题材之诗，称即事。
②登高：古时重阳节有登高的习俗。
③更：再。
④举觞（shāng）：举杯。觞，古代喝酒用的器具。

作者名片

李白（701—762），字太白，号青莲居士，又号“谪仙人”，唐代伟大的浪漫主义诗人，被后人誉为“诗仙”，与杜甫并称为“李杜”，为了与另两位诗人李商隐与杜牧即“小李杜”区别，杜甫与李白又合称“大李杜”。其人爽朗大方，爱饮酒作诗，喜交友。李白深受黄老列庄思想影响，有《李太白集》传世。

译　文

昨天刚登完龙山，今天是小重阳，又要举杯宴饮。
菊花为何这样受苦，遭到两个重阳的采摘之罪？

〔赏析〕

这首诗借菊花的遭遇，抒发自己惋惜之情。在唐宋时代，九月十日被称为“小重阳”，诗人从这一角度入手，说菊花在大小重阳两天内连续遇到人们的登高、宴饮，两次遭到采撷，所以有“太苦”的抱怨之言。

作者以醉浇愁，朦胧中，仿佛看到菊花也在嘲笑他这个朝廷“逐臣”，他痛苦地发问：菊花为什么要遭到“两重阳”的重创？对于赏菊的人们来说，重阳节的欢乐情绪言犹未尽，所以九月十日还要继续宴饮；但菊花作为一种生命的个体，却要忍受两遭采撷之苦。诗人以其极为敏感、幽微的灵秀之心，站在菊花的立场上，发现了这一诗意的空间。实际上，诗人是借菊花之苦来寄托自己内心的极度苦闷。借叹菊花，而感慨自己被馋离京、流放夜郎的坎坷与不幸，正见其愁怀难以排解。此诗语虽平淡，内涵却十分深沉。主要表现了作者一生屡遭挫败和打击，而在节日里所引发的忧伤情绪。

九　日

【唐】李白

今日云景好①，水绿秋山明。
携壶酌流霞②，搴菊③泛寒荣④。
地远松石古，风扬弦管清。
窥觞⑤照欢颜，独笑还自倾。
落帽⑥醉山月，空⑦歌怀友生⑧。

【注　释】

①云景好：景物好。
②流霞：美酒名。
③搴（qiān）菊：采取菊花。

④寒荣：寒冷天气开放的菊花，指菊花。
⑤觞（shāng）：古时的酒杯。
⑥落帽：典出《晋书》，据载：大司马桓温曾和他的参军孟嘉登高于龙山，孟嘉醉后，风吹落帽，自己却没有发觉，此举在讲究风度的魏晋时期，有伤大雅，孙盛作文嘲笑，孟嘉即兴作答："醉看风落帽，舞爱月留人。"文辞优美，语惊四座。后人以此典比喻文人不拘小节，风度潇洒之态。
⑦空：徒然。
⑧友生：朋友。

译文

今日景物格外的好，山峰松柏参天，江水涌流不息，水光与山色交相辉映。手携一壶流霞酒，采撷这寒冷天气开放的菊花，细细欣赏。这里地处偏僻，怪石嶙峋，松树古远，微风吹来，响起松涛声有如弦管齐鸣奏出的悦耳的乐声。酒杯中倒映着我欢乐容颜，独自一个人喝酒，自得其乐。望着山月独自起舞高歌，任帽儿被舞风吹落，却不知道让我怀念的朋友都在哪里。

赏析

这是一首重阳节登高抒怀之诗。

一、二句写秋高气爽，开篇写令人赏心悦目的秋景。秋日的天空，辽阔高远，一碧如洗，朵朵白云在蓝天中飘浮，它们时而分开，时而连成一片，时而像一团团的棉球，时而又像是翻卷的波涛，变幻不定，千姿百态。秋日的大地，明丽清爽。只见层叠的山峰松柏参天，波平浪静的江水涌流不息，水光与山色交相辉映，构成一幅美丽的图画。

三、四句写饮菊花酒，在这天高气爽的秋天里，又逢重阳佳节，诗人携壶登山，开怀畅饮，而且边饮酒边赏菊。"泛寒荣"，一方面表现了秋菊的姿色，另一方面有诗人怀才不遇的伤感。

“地远松石古”四句，生动地刻画了诗人赏秋时的见闻和感受。在山高林密的大山深处，松柏葱茏，怪石嶙峋，阵阵微风吹来，响起松涛清越高雅的音韵，有如弦管齐鸣奏出的悦耳乐声。佳节美景令诗人陶醉，禁不住举杯照欢颜，杯中映出自身的笑容。“还自倾”三字表现了诗人悠然自乐、兴趣盎然的神态。

“落帽醉山月，空歌怀友生”，尾句由写景转为抒情。诗人独自一人饮酒赏秋，眼前的景色虽然美不胜收，可是孑然一身的孤独感无法排解，因而酩酊大醉，以至“落帽”，狂放高歌中充满了思念故交之情。

九日登巴陵置酒望洞庭水军

【唐】李白

九日天气清，登高无秋云。
造化辟川岳，了然楚汉分①。
长风鼓横波，合沓蹙龙文。
忆昔传游豫，楼船壮横汾。
今兹讨鲸鲵②，旌旆何缤纷。
白羽落酒樽，洞庭罗三军。
黄花不掇手，战鼓遥相闻。
剑舞转颓阳，当时日停曛③。
酣歌激壮士，可以摧妖氛。
握鳜东篱下，渊明不足群。

【注　释】

①楚汉：谓楚地之山及汉水也。
②鲸鲵：大鱼之恶者，以喻盗贼。

译文

九月九日又重阳，登高望远，天空万里无云。神工鬼斧，山川形成，长江把楚汉，界限分明。狂风鼓动着江水，形成了一波波龙形的浪涛。传说中，汉武帝在高大的楼船横渡游览汾河的时候曾经大发感慨：气势何雄壮！如今的讨伐悖逆的军队楼船气势更为壮观，旌旗飘扬。洞庭湖上水步骑三军罗列，白羽箭影映射在酒杯中间。战鼓隆隆震天响，哪有心情去采撷黄菊花？舞动的剑气要把落山的红日重新托起，让太阳重新发出灿烂的光芒。汉武帝说我给大家高歌一曲，可以鼓舞大家的斗志，有助于压制暴徒气势。值此战乱时期，我们可不能以陶渊明为榜样，去东篱下采撷菊花。

赏析

此诗为李白59岁时在湖南洞庭湖边的巴陵观看准备讨伐作乱的叛军演习所作。李白在流放以后的颓废心情在这里一扫而光，又重新焕发出其固有的光芒。真是老骥伏枥，志在千里，老而弥坚，令人赞叹。

九日齐山①登高

【唐】杜牧

江涵秋影雁初飞，与客携壶上翠微②。
尘世难逢开口笑，菊花须插满头归。
但将酩酊③酬佳节，不用登临④恨落晖。
古往今来只如此，牛山⑤何必独霑⑥衣？

【注　释】

①齐山：在今安徽省贵池区。杜牧在武宗会昌年间曾任池州刺史。
②翠微：这里代指山。
③酩酊（mǐngdǐng）：醉得稀里糊涂。这句暗用晋朝陶渊明典故。
④登临：登山临水或登高临下，泛指游览山水。
⑤牛山：山名。在今山东省淄博市。春秋时齐景公泣牛山，即其地。
⑥霑：同“沾”。

译　文

江水倒映秋影，大雁刚刚南飞，与朋友带上美酒一起登高望远。尘世烦扰，平生难逢让人开口一笑的事，满山盛开的菊花我定要插满头才归。只应纵情痛饮酬答重阳佳节，不必怀忧登临叹恨落日余晖。人生短暂古往今来皆是如此，不必像齐景公那般对着牛山独自流泪。

赏析

首联用白描的手法写雁过江上南飞，与客提壶上青山的一副美景。仅用七字，把江南的秋色描写得淋漓尽致。

颔联为唐诗名句，夹叙夹议，写出了诗人矛盾的心情。“难逢”“须插”的言外之意是应把握当前，及时行乐，不要无益地痛惜流光，表现了一种通达的生活态度。颈联与颔联手法相同，都采用了夹叙夹议的手法，表达了诗人只想用酩酊大醉来酬答这良辰佳节，无须在节日登临时为夕阳西下、为人生迟暮而感慨、怨恨，同时也表达了及时行乐之意。“古往今来只如此，牛山何必独霑衣”？尾联诗人由眼前所登池州的齐山，联想到齐景公的牛山落泪，认为像“登临恨落晖”所感受到的那种人生无常，是古往今来尽皆如此的。既然并非今世才有此恨，又何必像齐景公那样独自伤感流泪呢？

重阳席上赋白菊

【唐】白居易

满园花菊郁金黄①，中有孤丛②色似霜。
还似今朝歌酒席，白头翁③入少年场。

【注　释】

①郁金黄：花名，即金桂，这里形容金黄色的菊花似郁金黄。
②孤丛：孤独的一丛。
③白头翁：诗人自谓。

译　文

满园的菊花开放，好似郁金黄，中间有一丛却是雪白似霜。
就像今天的歌舞酒席，老人家进了少年去的地方。

赏析

题为“赋白菊”，诗开头却先道满园的菊花都是金黄色。“满园花菊郁金黄，中有孤丛色似霜”，这是用陪衬的手法，使下句中那白色的“孤丛”更为突出，犹如“万绿丛中一点红”，那一点红色也就更加显目了。“满”“郁”与“孤”两相对照，白菊更为引人注目。“色似霜”生动的比喻，描绘了白菊皎洁的色彩。

更妙的是后两句：“还似今朝歌酒席，白头翁入少年场。”诗人由花联想到人，联想到歌酒席上的情景，比喻自然贴切，看似信手拈来，其实是由于诗人随时留心观察生活，故能迅速从现实生活中选取材料，做出具体而生动的比喻。这一比喻紧扣题意，出人意料又在情理之中。结句“白头翁人少年场”，颇有情趣。白菊虽是“孤丛”，好似“白头翁”，但是却与众“少年”在一起，并不觉孤寂、苍老，仍然充满青春活力。

蜀中九日

【唐】王勃

九月九日望乡台①，他席②他乡送客杯。
人情已厌南中③苦，鸿雁那从北地④来。

【注　释】

①望乡台：古代出征或流落在外乡的人，往往登高或登土台，眺望家乡，这种台称为望乡台。
②他席：别人的酒席。这里指为友人送行的酒席。
③南中：南方，这里指四川一带。
④北地：北方。

作者名片

王勃（约650—约676），字子安，绛州龙门县（今山西省河津市）人。唐朝文学家，儒客大家，文中子王通之孙，与杨炯、卢照邻、骆宾王并称“初唐四杰”。王勃聪敏好学，6岁能文，下笔流畅，被赞为“神童”。9岁时，读秘书监颜师古《汉书注》，作《指瑕》10卷，以纠正其错。16岁时，进士及第，授朝散郎、沛王（李贤）府文学。写作《斗鸡檄》，坐罪免官。游览巴蜀山川景物，创作大量诗文。王勃擅长五律和五绝，著有《王子安集》等。

译　文

重阳节登高眺望家乡，异乡的别宴上喝着送客的酒，只感无限烦愁。心中已经厌倦了南方客居的各种愁苦，无法归去，鸿雁又为何还要从北方来。

赏析

本诗开头就承题，“九月九日望乡台”，点明了时间是重阳节，地点是玄武山，此处将玄武山比作望乡台，以此来表达乡愁，思乡之情倍增。“他席他乡送客杯”，点明了诗人当时是在异乡的别宴上喝着送客的酒，倍感凄凉。诗歌的前两句就勾勒出了一个易让人伤感的环境，正逢重阳佳节，又是客中送客，自然容易勾起浓郁的乡愁。

“人情已厌南中苦，鸿雁那从北地来”，北雁南飞本是自然现象，而王勃偏将自己的思乡之情加在它身上，怪罪鸿雁，我想北归不得，你却奈何非要从北方飞来，平添我北归不能的愁思。这一问虽然毫无道理，却在强烈的对比中烘托了真挚的感情，将思乡的情绪推向了高潮。诗人将其怀乡之情融入对自然景物的描绘之中，借无情之景来抒发自己内心深沉的情感，开启了唐人作绝句寓情于景的先河。

九月九日登玄武山

【唐】卢照邻

九月九日眺山川，归心归望积风烟①。
他乡共酌金花酒②，万里同悲鸿雁天③。

【注　释】

①积风烟：极言山川阻隔，风烟弥漫。
②金花酒：即菊花酒。菊花色黄，称黄花，又称金花。重阳节饮菊花酒，是传统习俗。
③鸿雁天：鸿雁飞翔的天空。

译　文

九月九日登上玄武山远望山河，回归故乡的心思、回归故土的热望，浓得如眼前聚集的风尘。身在别人的家乡我们一起喝下这菊花酒，我们离家万里，望着大雁飞过的天空，心中有着一样的悲伤。

赏析

这首七言绝句写诗人在旅途中过重阳，登高远望所见所感，抒发浓浓的思归情怀。

首句点明题旨：九月九日重阳节登高远望。九月九日重阳节，自古以来就有登高的习俗。游子在外，都难免思乡思归，登高远望时，当然会遥望古乡的山川。这一句非常恰切地写出了游子此时此地的望乡动态。次句由动态转写心情，这种“归心归望”的情怀，不是直抒胸臆抒发出来，而是寄寓在“风烟”中，一个“积”字很有分量，道出了归心归望的程度。风烟有多浓多广，那么诗人的“归心归望”也就有多浓多广。以此表现诗人的归思归望是浓厚的。

最后两句写诗人远在他乡的高山上，和大家一起喝着节日的菊花酒，而这里与故乡身隔万里，只能伤心地望着鸿雁飞向南天。重阳登高喝菊花酒是习俗，饮酒是叙事，而游子此时思归，难免多饮几杯，借以消乡愁，这就是事中寓情；饮酒消乡愁，叙事中寄寓了乡愁之情。“鸿雁天”是写景，是鸿雁南飞之景，而诗人是范阳人，雁南飞而反衬人不能北归，这就是景中含情了。

行军九日思长安故园

【唐】岑参

强①欲登高②去，无人送酒来。
遥怜③故园菊，应傍④战场开。

【注　释】

①强：勉强。
②登高：重阳节有登高赏菊饮酒以避灾祸的风俗。
③怜：可怜。
④傍：靠近、接近。

作者名片

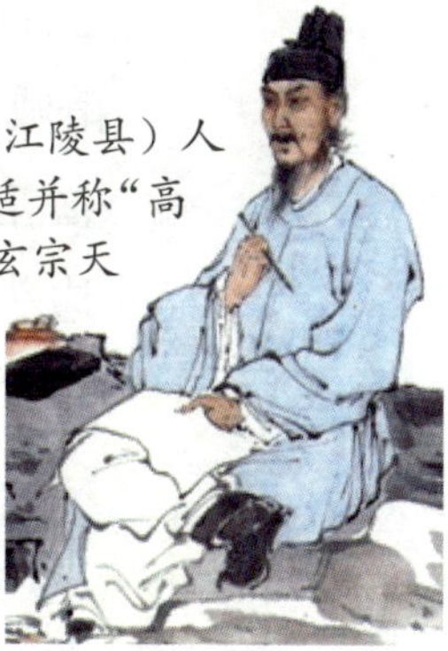

岑参（718？－770？），荆州江陵（今湖北江陵县）人或南阳棘阳（今河南南阳市）人，唐代诗人，与高适并称“高岑”。岑参早岁孤贫，从兄就读，遍览史籍。唐玄宗天宝三载（744年）进士，初为率府兵曹参军。后两次从军边塞，先在安西节度使高仙芝幕府掌书记；天宝末年，封常清为安西北庭节度使时，为其幕府判官。代宗时，曾官嘉州刺史（今四川乐山），世称“岑嘉州”。大历五年（770年）卒于成都。

译　文

勉强地想要按照习俗去登高饮酒，可惜再没有像王弘那样的人把酒送来。怜惜远方长安故园中的菊花，这时应正寂寞地在战场旁边盛开。

赏析

唐代以九月九日重阳节登高为题材的好诗不少，并且各有特点。岑参的这首五绝，表现的不是一般的节日思乡，而是对国事的忧虑和对战乱中人民疾苦的关切。表面看来写得平直朴素，实际构思精巧，情韵无限，是一首言简意深、耐人寻味的抒情佳作。

奉陪封大夫①九日登高

【唐】岑参

九日黄花酒，登高会昔闻②。
霜威逐亚相③，杀气傍中军④。
横笛惊征雁⑤，娇歌落塞云。
边头幸无事，醉舞荷吾君⑥。

【注　释】

①封大夫：即封常清。
②会：契合，相一致。昔闻：以前听说的。
③霜威：威严如霜。亚相：此处指封常清。
④杀气：秋日肃杀之气。傍：依附。中军：此处以中军指代主帅。
⑤征雁：南飞的大雁。
⑥荷：承受恩惠。吾君：对封常清的尊称。

译　文

重阳之日，大家一起喝菊花酒、登高山，这与传统的习俗是一样的。封将军治军威严峻厉，常让人感到一股肃杀之气。横笛凄凉的声音令南飞的大雁悚然惊动，娇美的歌声令边塞的云彩陶醉而降落。边庭上，庆幸没有战事，承蒙您的恩惠，戍守的人们得以放怀欢乐、醉舞军中。

赏析

这首诗作于天宝十四载（755年）。“九日黄花酒，登高会昔闻”，首联两句概言边塞无事，重阳佳节，众人按照传统的庆祝方式，喝酒登高，一派祥和欢乐之景。“霜威逐亚相，杀气傍中军”，颔联两句意指封常清治军雷厉风行，又能在和平时期时刻保持谨慎。“横笛惊征雁，娇歌落塞云”，颈联两句是诗人信手描写节日里战士们的欢愉活动，所谓“独在异乡为异客，每逢佳节倍思亲”，这些笛声、歌声里都蕴含着深深的思乡之情。“边头幸无事，醉舞荷吾君”，尾联两句是称颂在封常清的英明领导下，边境安宁，因而将士们能在重阳佳节高歌豪饮。

封常清是唐朝名将，在安史之乱初期因谗被杀，历史上对唐王朝统治者自毁长城的举动贬斥颇多，而这首诗中则生动反映了这位将领能征善战，治军严谨，同时又放达不拘与下属同乐的可贵品质。

登　高

【唐】杜甫

风急天高猿啸哀[①]，渚[②]清沙白鸟飞回。
无边落木萧萧[③]下，不尽长江滚滚来。
万里悲秋常作客[④]，百年[⑤]多病独登台。
艰难[⑥]苦恨繁霜鬓[⑦]，潦倒[⑧]新停浊酒杯。

【注 释】

①啸哀：指猿的叫声凄厉。
②渚（zhǔ）：水中的小洲；水中的小块陆地。
③萧萧：模拟草木飘落的声音。
④常作客：长期漂泊他乡。
⑤百年：犹言一生，这里借指晚年。
⑥艰难：兼指国运和自身命运。
⑦繁霜鬓：增多了白发，如鬓边着霜雪。繁，这里作动词，增多。
⑧潦倒：衰颓，失意。这里指衰老多病，志不得伸。

译 文

风急天高猿猴啼叫显得十分悲哀，水清沙白的河洲上有鸟儿在盘旋。

无边无际的树木萧萧地飘下落叶，望不到头的长江水滚滚奔腾而来。

悲对秋景感慨万里漂泊常年为客，一生当中疾病缠身今日独上高台。

历尽了艰难苦恨白发长满了双鬓，衰颓满心偏又暂停了浇愁的酒杯。

赏析

杜甫的《登高》总体上给人一种萧瑟荒凉之感，情景交融之中，融情于景，将个人身世之悲、抑郁不得志之苦融于悲凉的秋景之中，极尽沉郁顿挫之能事，使人读来，感伤之情喷涌而出，如火山爆发而一发不可收拾。

此诗八句皆对。粗略一看，首尾好像“未尝有对”，胸腹好像“无意于对”。仔细品味，“一篇之中，句句皆律，一句之中，字字皆律”。

九日五首·其一

【唐】杜甫

重阳独酌杯中酒，抱病[①]起登江上台。
竹叶[②]于人既无分，菊花从此不须开。
殊方日落玄猿哭，旧国霜前白雁来。
弟妹萧条各何在，干戈[③]衰谢两相催！

【注　释】

①抱病：指有病缠身；带着病。

②竹叶：指竹叶青酒。

③干戈：战争。

译　文

重阳佳节，抱病登台，只想一边独酌美酒，一边欣赏九秋佳色。既然在重阳节不能喝酒，那么菊花也没有必要开放。日落时传来黑猿的啼哭声，久久不停，南来的白雁带来长安的霜讯。无法相见的亲人现在都在哪里呢？战争频繁不断，岁月不停地催人走向死亡。

赏析

此诗是大历二年（767年）重九日，杜甫在夔州登高之作。诗人联系两年来客寓夔州的现实，抒写自己九月九日重阳登高的感慨，思想境界和艺术造诣，都远在一般登高篇什之上。

此诗由因病戒酒，对花发慨，黑猿哀啼，白雁南来，引出思念故乡、忆想弟妹的情怀，进而表现遭逢战乱、衰老催人的感伤。结尾将诗的主题升华：诗人登高，不仅仅是思亲，更多的是伤时，正所谓“杜陵有句皆忧国”。此诗全篇皆对，语言自然流转，苍劲有力，既有气势，更见性情。句句讲诗律却不着痕迹，很像在写散文；直接发议论而结合形象，毫不感到枯燥。

定风波·重阳

【宋】苏轼

与客携壶上翠微[①]，江涵秋影雁初飞，尘世难逢开口笑，年少，菊花须插满头归。

酩酊但酬佳节了，云峤[②]，登临不用怨斜晖。古往今来谁不老，多少，牛山[③]何必更沾衣。

【注　释】

①携壶：带酒。翠微：青翠掩映的山腰幽深处。
②云峤（qiáo）：耸入云霄的高山。
③牛山：在今山东省淄博市。

译　文

同客人带酒登山，长江水倒映着秋天景物的影子，大雁刚刚从这里飞过。人活在世上难遇一次开心欢笑的时候，趁年轻时头插满菊花玩个痛快回来。

以大醉来酬谢重阳节日之景，朝着高耸入云的山登高，用不着去怨太阳快落山了。古往今来有谁不老死，数不清啊，没有必要像齐景公登牛山触景生情而哭泣。

赏析

宋神宗元丰四年（1081年）九月，重阳节到来，苏轼与徐君猷等客人登高赏菊，饮酒赋诗。苏轼有感于杜牧《九日齐安登高》诗，心境一致，作该词以表达苏轼唯物的生死观。

上阕以景入情，描述登高赏菊、饮酒言欢的情景。“与客携壶上翠微，江涵秋影雁初飞”，开头两句点明“上翠微”的行踪，描绘“江涵秋影”与“雁初飞”的两幅画面。触景生情，便迅速推出“尘世难逢开口笑，年少，菊花须插满头归”的三句人生箴言。趁着这大好的年华、大好的秋光大笑，插黄花。上阕即花生情，也为过渡到下阕暗示了一笔。

下阕由即花生情进入到以酒助兴。饮酒抒情，是中国古代文人的传统文化，称之为“酒文化现象”，苏轼也不例外。写把酒临风，喝个痛快是为了酬谢佳节。登山临水，同样也是为了酬谢佳节。即使夕阳快落山了，也用不着愁怨。夕阳是自然界中“无限好”的景致，自然人生“夕阳”也应是一道美丽的风景线。“古往今来谁不老，多少，牛山何必更沾衣”，直言人的衰老死亡是不以人的意志为转移的自然规律。词的最后引齐景公泣牛山的故事，传情达意，精练入微，可谓妙笔。

九日次韵王巩①

【宋】苏轼

我醉欲眠君罢休，已教从事到青州②。
鬓霜饶我三千丈，诗律输君一百筹。
闻道郎君闭东阁③，且容老子上南楼。
相逢不用忙归去，明日黄花④蝶也愁。

【注　释】

①次韵：按照别人诗的原韵和诗。王巩：苏轼的诗友。

②从事：一般的属官。
③“闻道”句：李商隐师令狐楚，常呼楚子绹为郎君。绹为翰林学士，商隐上谒，不见，因题诗云：郎君官贵施行马，东阁无因更重窥。
④黄花：菊花，古人多于重阳节赏菊，明日黄花兼寓迟暮不遇之意。

译文

我喝醉了想去睡觉，你也不要再多喝，这美酒已让我们酣畅淋漓。我那花白的鬓发有三千丈长，但是写诗的功夫水平还是和王巩不在一个等级。听说你以后将在东阁闭门不出，那么我将会去南方陪你喝一杯。现在我们相遇得很匆忙，用不着急着分开，重阳节后菊花逐渐萎谢，连蝴蝶也要发愁了。

赏析

此诗写重阳赏菊，就地取材，寓意于菊花、蝴蝶，又借秋色表现诗人年老而乐天的情怀。最后一句其实是想表达自己怀才不遇的境遇，暗示自己就如同明日的菊花一样。全诗精细收敛，清秀细密，总体较为清逸，但也有老健疏放如杜诗风格。

诗写登高赏菊，把酒赋诗，难得一聚，酒喝醉了也要多看一会儿菊花，不要急忙打算回家。因为今日黄花盛开，明日黄花凋零，时光不再，就没有什么好看的了。诗人赋蝴蝶以人情。秋天，菊花独放，是蝴蝶唯一的依傍，眼见菊花重阳节后也将憔悴，蝴蝶无花可依，不禁犯愁。蝶愁实际是人愁，蝶都知愁人更愁。直说人愁太直露、太扫兴、煞风景。由蝶愁寓人愁，含蓄委婉，诗意更浓。秋天蝴蝶和菊花关系密切，让蝴蝶寓人愁最合情理。“闻道”四句意思是说，如果在九月初九重阳节之后去欣赏菊花，那时金黄的菊花已经枯萎，观赏时也就没什么趣味了。苏轼咏叹“明日黄花蝶也愁”，其实是想表达自己怀才不遇的境遇，暗示自己就如同那过时的菊花一样。

阮郎归·天边金掌露成霜

【宋】晏几道

天边金掌[①]露成霜。云随雁字[②]长。绿杯红袖趁重阳。人情似故乡。

兰佩紫，菊簪黄。殷勤理旧狂[③]。欲将沉醉换悲凉。清歌莫断肠。

【注　释】

①金掌：汉武帝时在长安建章宫筑柏梁台，上有铜制仙人以手掌托盘，承接露水。此处以“金掌”借指国都，即汴京。即谓汴京已入深秋。

②雁字：雁群飞行时有时排列成“人”字，有时排列成“一”字，故称雁字。

③理旧狂：重又显出从前狂放不羁的情态。

译　文

天边的云彩有如仙人金掌承玉露。玉露凝成了白霜，浮云随着大雁南翔，排成一字长。举绿杯，舞红袖，趁着九九重阳，人情温厚似故乡。

佩戴紫色兰花，头上插着黄菊，急切切重温旧日的癫狂。想借一番沉醉换掉失意悲凉，清歌莫唱悲曲，一唱断人肠。

赏析

此词写于汴京，是重阳佳节宴饮之作。表达凄凉的人生感怀。其中饱含备尝坎坷沧桑之意，全词写情波澜起伏，步步深化，由空灵而入厚重，音节从和婉到悠扬，适应感情的变化，整首词的意境是悲凉凄冷的。

上阕写景生情。秋雁南飞，主人情长，引起思乡之情，正是“独在异乡为异客，每逢佳节倍思亲”。下阕抒发感慨。因自己孤高的性格，而仕途失意，想以狂醉来排遣忧愁，然而却是“断肠”。

水调歌头·隐括①杜牧之齐山诗

【宋】朱熹

江水浸云影，鸿雁欲南飞。携壶结客②何处？空翠渺烟霏。尘世③难逢一笑，况有紫萸④黄菊，堪插满头归。风景今朝是，身世昔人非。

酬佳节，须酩酊⑤，莫相违。人生如寄，何事辛苦怨斜晖。无尽今来古往，多少春花秋月，那更有危机。与问牛山客，何必独沾衣。

【注　释】

①隐括：指对原有作品的内容、语言加以剪裁、修改而成新篇。
②结客：和客人们一起登山。
③尘世：即人生。
④紫萸：即茱萸，一种有浓烈香味的植物。
⑤酩酊：大醉貌。

作者名片

朱熹（1130—1200），行五十二，小名沈郎，小字季延，字元晦，一字仲晦，号晦庵，晚称晦翁，又称紫阳先生、考亭先生、沧州病叟、云谷老人、逆翁。谥文，又称朱文公。祖籍南宋江南东路徽州府婺源县（今江西省婺源），出生于南剑州尤溪（今属福建三明市）。南宋著名的理学家、思想家、哲学家、教育家、诗人、闽学派的代表人物，世称朱子，是孔子、孟子以来最杰出的弘扬儒学的大师。

译　文

云朵的影子浸在江水里，鸿雁正打算往南飞。带着酒壶和客人们一起登山去往哪里呢？当然是找一个苍翠清寂、烟雾氤氲的地方。人世间难得一笑，还好有紫萸黄菊可以摘下来插满头，尽兴而归。风景还是往年的风景，可惜人早已不是往昔的人了。

为了庆贺重阳节，应该喝得酩酊大醉，请不要再推辞不喝了。人活着就像寄生在这个世界上，为什么非要奔波劳碌，到最后还怨恨人生苦短呢？古往今来，有无数的春花开了又谢，亦有无数日的月亮盈了又缺，无穷无尽。如果能够明白，就不会再有危机感。你去问问齐景公，何必为人生短暂而泪沾衣襟。

赏析

依某种文体原有的内容词句改写成另一种体裁，叫隐括。此词，即隐括杜牧《九日齐山登高》一诗。

朱熹在词中注入了自己独特的儒家哲学思想，一改原诗的消极情绪，推陈出新地化出了积极意义。词人登上秋山后，倒影在江水中的无限秋景映入眼帘，却只落笔在“云影”二字，意境深远。此时仰头又见大雁欲飞向南方度过寒冷的冬天。紧接着，词人自问“携壶结客何处”，答得却是“空翠渺烟霏”。语间似答非答，表明醉翁之意不在酒，而在那烟雾缭绕的漫山碧翠中。

交代好了时令、景致、人物，词人开始借机抒发人生感慨。他说尘世多俗事，营营扰扰，难得有畅心的片刻。但是今日不同，不但可以登山，还可以把紫萸、黄菊插满头，玩得尽兴了再回去。“风景今朝是，身世昔人非”壮阔抒怀，颇有几分及时行乐的意味。

“酬佳节，须酩酊，莫相违”，好似词人当面劝酒，要同行宾客趁着这良辰美景酩酊大醉一次，无须推辞，浪费美好光阴。“人生如寄，何事辛苦怨斜晖”一句，词人把人生在世比作寄生，既然它如白驹过隙倏忽而过，何苦对着落日余晖自伤自怜。

之后，词人的思想穿越古今，词境顿然开阔。他想到古往今来，沧海桑田，有无数的春花开了又谢，亦有无数日的月亮盈了又缺。在词人看来这些都是大自然的恒定变化，也正是因为这种循环变化的存在，才有了源源不断的生机。“那更有危机”是说如果能够明白这样的道理，就不会再有危机感。

“与问牛山客，何必独沾衣”化用了春秋齐景公的典故。朱熹反问：“何必独沾衣？”人世无常，变幻难定，无人幸免，所以无须太执着。杜牧在诗中的旷达是一种无可奈何的自慰，令人压抑。而一经朱熹化用之后，把自然与人生结合，成了积极面对人生的寄语。

醉花阴[1]·薄雾浓云愁永昼

【宋】李清照

薄雾浓云愁永昼[2]，瑞脑消金兽[3]。佳节又重阳，玉枕纱厨[4]，半夜凉初透[5]。

东篱把酒黄昏后，有暗香盈袖。莫道不销魂[6]，帘卷西风，人比黄花瘦[7]。

【注 释】

①醉花阴：词牌名，又名“九日”，双调小令，仄韵格，五十二字，上下阕各五句三仄韵。
②云：一作“雰”，一作“阴”。愁永昼：愁难排遣觉得白天太长。永昼，漫长的白天。
③瑞脑：一种薰香名。又称龙脑，即冰片。消金兽：香炉里香料逐渐燃尽。消，一作“销”，一作“喷”。金兽，兽形的铜香炉。
④纱厨：即防蚊蝇的纱帐。厨，一作“窗”。
⑤凉：一作“秋”。
⑥销魂：形容极度忧愁、悲伤。销，一作“消”。
⑦比：一作“似”。黄花：指菊花。

译 文

薄雾弥漫，云层浓密，日子过得郁闷愁烦，龙脑香在金兽香炉中缭绕。又到了重阳佳节，卧在玉枕纱帐中，半夜的凉气刚将全身浸透。

在东篱边饮酒直到黄昏以后，淡淡的黄菊清香溢满双袖。此时此地怎么能不令人伤感呢？风乍起，卷帘而入，帘内的人儿因过度思念，身形竟比那黄花还要瘦弱。

赏析

这首词是作者婚后所作，抒发的是重阳佳节思念丈夫的心情。传说清照将此词寄给赵明诚后，惹得明诚比试之心大起，遂三夜未眠，作词数阕，然终未胜过清照的这首《醉花阴》。

这首词写的是重阳，即农历九月九日，已到秋季时令，白昼越来越短，还说“永昼”，这只是词人的一种心理感觉。李清照结婚不久，就与相爱至深的丈夫赵明诚分离两地，这时她正独守空房，怪不得感到日长难挨了。这里虽然没有直抒离愁，但仍可透过这层灰蒙蒙的“薄雾浓云”，窥见女词人的内心苦闷。

下阕写重阳节这天赏菊饮酒的情景。把酒赏菊本是重阳佳节的一个主要节目，大概为了应景吧，李清照在屋里闷坐了一天，直到傍晚，才强打精神“东篱把酒”来了。可是，这并未能宽解一下愁怀，反而在她的心中掀起了更大的感情波澜。重阳是菊花节，菊花开得极盛极美，她一边饮酒，一边赏菊，染得满身花香。然而，她又不禁触景伤情，菊花再美、再香，也无法送给远在异地的亲人。

行香子·天与秋光

【宋】李清照

天与秋光，转转情伤，探金英知近重阳。薄衣初试，绿蚁①新尝，渐一番风，一番雨，一番凉。

黄昏院落，恓恓惶惶②，酒醒时往事愁肠。那堪永夜，明月空床。闻砧声捣③，蛩④声细，漏声长。

【注 释】

①绿蚁：新酿的酒，未滤清时，酒面浮起酒渣，色微绿，细如蚁（蚁：酒的泡沫）称为“绿蚁”。

②恓恓惶惶（xīxī huánghuáng）：不安状。

③砧声捣：捣衣的声音，古代妇女将秋冬衣物置于砧上用棒槌捶洗，叫捣寒衣。

④蛩：蟋蟀。

译文

天气反复变化，已是秋日风光，心情也渐渐变得悲伤，仔细观察一下黄色菊花就知重阳节快到了。刚刚试穿了一件粗糙的衣服，品尝了新酿成的绿蚁酒，在阴雨风凉的反复变化中，每刮一次风，下一次雨，天气便渐次转凉。

黄昏时刻的院落，总感觉冷冷清清，凄凄惨惨，酒醒过后往事涌上心头，愁上加愁。怎么能忍受这漫漫长夜，明月照在这空床之上。听着远处的捣衣声，稀微的蟋蟀叫声，还有漫长的漏声，感觉时光过得太慢了。

赏析

李清照婚后，丈夫赵明诚曾离家远行，她以《醉花阴·重阳》寄给赵明诚，抒写重阳佳节对丈夫的深切思念之情。南渡后，赵明诚病故，她避乱漂泊，在一个近重阳的时节，写了这首《行香子》，表达他对逝去丈夫的缅怀及悲凉的心情。前者写的是生离，后者写的是死别。故后者悲苦过之。从艺术技巧之精湛上说，虽然不像《醉花阴·重阳》那样引人注目，但它的确是一颗明珠瑰宝，在艺海的深处熠熠发光，丝毫没能降低它的艺术价值。

采桑子·九日

【清】纳兰性德

深秋绝塞谁相忆，木叶萧萧①。乡路迢迢②。六曲屏山和梦遥③。

佳时倍惜风光别，不为登高。只觉魂销。南雁归时更寂寥。

【注 释】

①木叶：木叶即为树叶，在古典诗歌中特指落叶。萧：风声；草木摇落声。
②迢迢：形容遥远。
③六曲句：六曲屏山，曲折之屏风。因屏风曲折若重山叠嶂，或谓屏风上绘有山水图画等，故称“屏山”。此处代指家园。这句是说，故乡那么遥远，只有在梦中才能见到她。

译 文

深秋时分，在这遥远的边塞，有谁还记得我？树叶被风吹的沙沙作响。返乡之路千里迢迢。家和梦一样遥不可及。重阳佳节，故园风光正好，离愁倍增，不愿登高远望。只觉心中悲伤不已，当鸿雁南归之际，将更加冷落凄凉。

赏析

词的上阕由景起，写绝塞秋深，一片肃杀萧索景象，渲染了凄清冷寂的氛围。下阕点明佳节思亲之意、结句又承之以景，借雁南归而烘托、反衬出此刻的寂寥伤情的苦况。

纳兰容若一向柔情细腻，这阕《采桑子》却写得十分简练壮阔，将边塞秋景和旅人的秋思完美地结合起来。寥寥数十字写透了天涯羁客的悲苦，十分利落。